KB275208

가족 갈등 서사의
상호문화적 이해

이 저서는 2024년도 서울시립대학교 기초·보호학문 및
융복합 분야 R&D 기반조성사업에 의하여 지원되었음.

가족 갈등 서사의
상호문화적 이해

서유경

머리말

우리들 모두는 누군가의 가족으로 살아간다. 아버지, 어머니, 형, 오빠, 누나, 언니, 동생 등 가족 관계에 있는 사랑하는 가족들이 우리에게 있다. 물론 현대 사회에는 1인 가구도 많아 이런 경우는 가족 없이 홀로 사는 것 아닌가 하고 생각할 수도 있으나, 물리적으로 같이 살아야만 가족은 아니다. 또한 과거 언젠가는 가족의 이름으로 함께 살았을 터이고, 지금은 그렇지 못할지라도 미래의 언젠가는 가족과 함께 생활하며 살 수도 있다. 이렇게 가족 관계는 어느 사회에나 누구에게나 존재하는 보편성을 지닌다.

그런데 누구에게나 있는 가족이 누구에게나 동일한 관계로 설정되지는 않는다. 우리는 가족을 사랑하며 산다고는 하지만, 항상 원만하기만 한 것은 아니라는 의미이다. 부모와 자식은 당연히 사랑하기만 하는 관계여야 할 것 같은데 서로 폭력을 행사하고 죽이려는 시도까지 한다. 이외에도 다양한

가족마다의 상황이 있다. 어떤 가족은 가족끼리 불편하기만
한 관계가 형성되어 있고, 어떤 가족은 구성원에 따라 화목하
기도 하고 불화하기도 한다. 그래서인지 가족 갈등을 다룬 서
사는 옛날부터 지금까지 매우 다양하고 풍부하게 존재한다.

이 연구는 이러한 가족 갈등의 보편성에 착안하여 고전 서
사를 바탕으로 상호문화적 이해를 탐색하였다. 이러한 문제
의식의 배경에는 현대 한국 사회가 이미 다문화사회로 진입
하였다는 변화가 있다. 우리 사회에 다양한 문화의 혼종과
갈등이 존재하기 때문에 상호문화적 이해가 필요하다고 판
단하였다. 이러한 상황에서 인간사의 보편성을 담고 있는 고
전 서사를 바탕으로 하여 상호문화적 이해의 관점으로 사회
적 통합을 시도할 수 있다고 보았다.

이 글에서는 <콩쥐팥쥐> 설화와 고전소설 <콩쥐팥쥐전>,
그림 형제 동화 <재투성이 아이> 이야기, <손 없는 색시> 설
화와 그림 형제 동화 <손 없는 처녀> 이야기, <약 되는 아들
간> 유형 설화와 그림 형제 동화 <향나무> 이야기를 살펴보
았다. 아울러 현대의 문화콘텐츠로 확장하여 본다는 의미에
서 영화 <어린 의뢰인>과 <해피뻐스데이>, 대중적 드라마
등을 다루어보았다.

가족 갈등은 근본적으로 가족 구성원 간의 감정 문제와 관
련된다. 가족 갈등이 극단적인 가정 폭력과 자식 살해에까지
이르는 것도 가족이 세상에서 가장 친밀한 관계여야 하는데

그렇지 못할 때 부정적 감정이 증폭되기 때문이라 할 수 있다. 각 서사 자료의 가족 갈등 양상과 해결 방식을 분석하고 상호문화적 이해를 탐색하는 과정을 통해 개인의 감정 건전성과 함께 원만한 가정을 이루는 해법을 발견할 수 있으리라 기대한다. 그리고 이러한 시도를 통해 현대 사회에서도 의미 있는 고전 서사의 가치와 효용을 발견할 수 있을 것이다.

이 글을 내며 남는 미련은 앞으로의 연구로 넘기고자 한다. 더욱 다양한 문화권의 자료를 수집, 분석하여 우리의 고전 서사와 유사하면서도 다른 점을 고찰함으로써 문화적 보편성과 개별성을 고구할 기회가 마련되기를 기대한다.

이 책이 나오기까지 지원해 주시고 도와주신 분들께 진심으로 감사의 말씀을 전하고 싶다. 우선 이 연구를 허락해 주신 서울시립대학교 총장님과 구성원께 감사드린다. 그리고 '가족 갈등 서사의 상호문화적 이해'라는 연구 주제로 함께 공부에 참여한 제자들, 함주희와 구서경에게 고마운 마음을 전한다.

그리고 이 책을 쓰는 동안 더 깊이 사랑을 깨닫게 된 나의 사랑하는 가족에게 감사를 표하고 싶다. 부모님의 한없는 사랑에 어떻게도 보답할 수 없는 못난 자식의 부끄러움을 새삼 많이 느끼는 시간이었음을 고백한다.

　　아울러 책의 출판을 허락해 주시고 지원해 주신 윤석현 사장님과 책이 나올 때까지 애써 주신 편집진 여러분께 감사의 말씀을 드린다.

2025년 11월
서 유 경

차례

가족 갈등 서사의
상호문화적 이해

시작하는 이야기

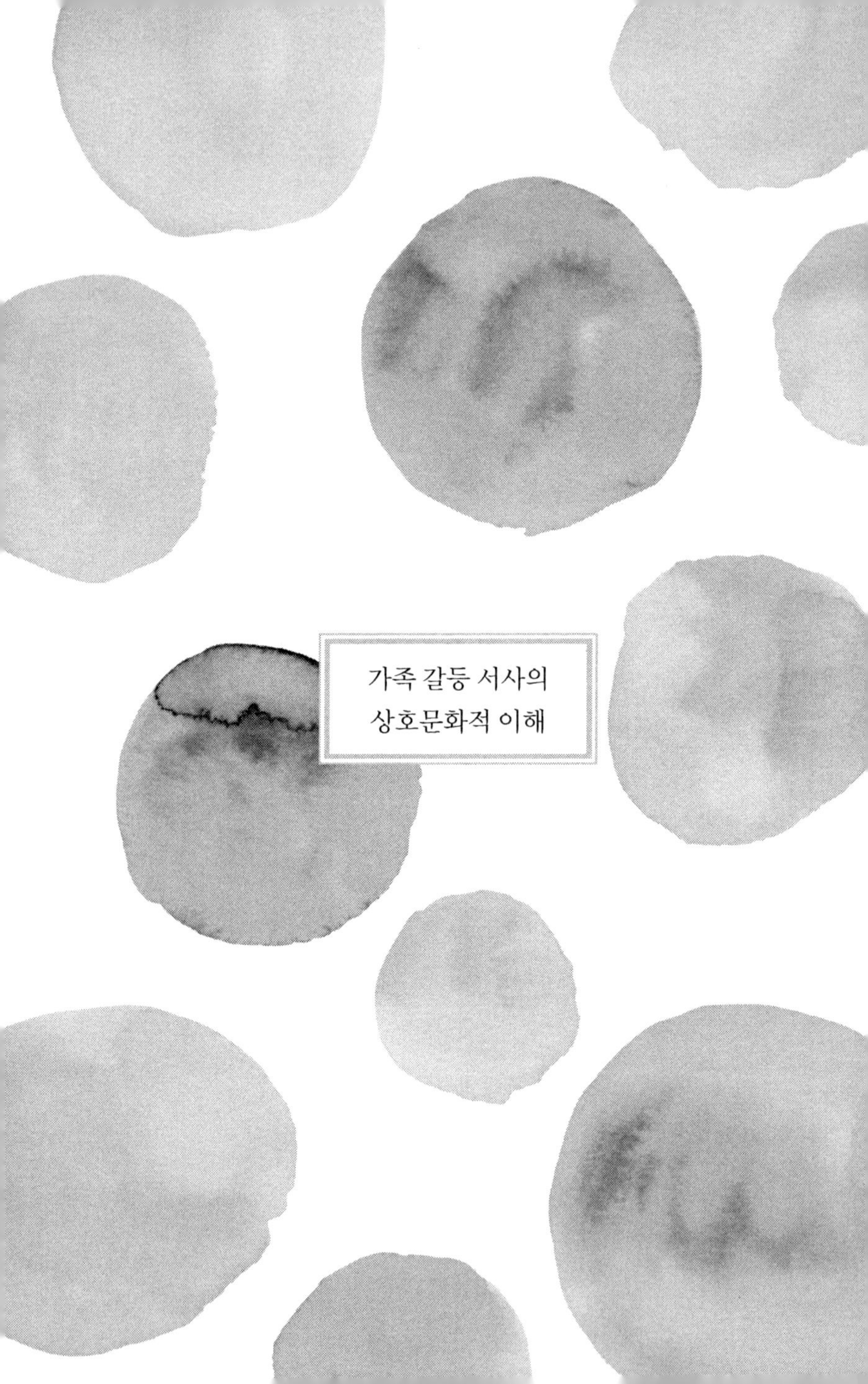
가족 갈등 서사의
상호문화적 이해

가족 갈등의 보편성

　가족 구성원 내의 관계에 따른 다양한 갈등은 동서양, 고금을 막론하고 인류의 탄생과 함께 발생, 지속되어 온 매우 역사적이면서 보편적 문제라 할 수 있다. 가족이 만들어지는 형태나 방식은 다양하겠으나 가족과 같은 공동체가 만들어지고 유지된 것은 인류의 역사와 같이 한다고 할 수 있기 때문이다. 가족은 여성과 남성이 결합하여 만들어지고, 그 관계 속에서 자녀라는 새로운 존재가 생기면서 공동체로서의 규모가 확대된다. 이렇게 형성되는 가족이라는 사회적 집단, 공동체는 부모와 자식, 남편과 아내, 형제 자매와 같은 가족 관계로 구성되어 유지되는데, 이와 같은 가족 관계에 따라 여러 가지 양상으로 갈등이 생기게 된다.

　가족 공동체의 형성과 존속, 가족 구성원 내의 갈등이 지닌 보편성은 동서양의 다양한 문학 작품 속에서 발견할 수 있다. 예를 들어, 콩쥐팥쥐 이야기나 <장화홍련전>에서 볼 수 있는 가족 구성원 내의 갈등과 범죄─폭력이나 살인 사건 등은 비단 우리나라의 문학 작품에서뿐만 아니라 세계 여러 나라의 문학 작품에서 찾아볼 수 있다. 이런 작품들에서의 가족 갈등은 계모와 전처 자식, 아버지 간의 관계에서 생기는 것으로, 베트남, 중국 등과 같은 아시아 나라들뿐만 아니라 유럽 여러 나라들의 문학 작품에서도 유사한 양상을 볼 수 있다.

이는 가족 갈등이라는 문제가 한국 혹은 어느 나라나 지역에 국한되는 공동체의 문화라는 특수한 범주에서 나아가 세계 보편이라는 확대된 시각에서 살펴볼 수 있음을 말해준다.

문학 작품을 현실과 관련지어 보면, 이러한 서사는 가족 내에서 발생하는 갈등에 대한 해결을 모색하는 과정 혹은 결과라고 할 수 있다. 가족 갈등은 가족 구성원 내의 관계에서 파생되는 것이기에 가족 관계에 따라 갈등의 종류의 양상은 다르게 나타난다. 가족 관계는 남성과 여성이 만나 만들어진 부부 관계, 부부와 부부의 자녀 간에 형성된 부모 자식 관계, 부부의 자식이 여러 명인 경우 나타나는 형제자매 관계 등으로 나누어 볼 수 있다. 여기서는 이 중에서도 가족 갈등의 중심이라 할 수 있는 부모 자식 관계를 중심으로 논의하고자 한다.

하나의 가족 공동체를 이루고 유지하는 동안 가족 관계는 항상 좋을 수가 없고, 언제나 갈등이 생기기 마련이다. 이렇게 생겨난 갈등은 어떻게 해결하는가에 따라 비극으로 치닫기도 하고 행복한 결말을 맞이하기도 한다. 문학 작품 속에 형상화된 가족 갈등은 실제 사회 현실에서의 문제를 형상화하면서[1] 해결을 모색한 결과라고도 할 수 있을 것이다.

---

[1] 우리의 문학사를 보더라도, 어떤 새로운 유형의 소설이 실제 현실과 관련을 맺고 있음을 종종 볼 수 있다. 현실에 상상력이 보태어져 만들어진 것이 문학이라면, 가족 갈등의 문제 역시 현실에서의 문제를 탐색, 분석함으로써 해답을 찾는 과정으로 볼 수 있을 것이다.

 가족 갈등 서사의 상호문화적 이해

또한 가족 갈등을 소재로 한 문학 작품들은 당대 사회 구성원들의 문제 인식과 관심을 보여주는 것이기도 하다. 가족 갈등을 다룬 문학 작품들에서는 아버지와 아들이 반목하다가 범죄를 저지르기도 하고 형과 아우가 다투며 전쟁하기도 하며, 아버지의 재혼을 통해 들어온 어머니가 아이들을 죽음에 몰아넣기도 한다. 작품 속에서 이러한 사건들이 전개되는 과정을 보여주며 사회적 문제로 질문하기도 하고 응징을 통해 답을 제시하기도 하는 것이다.

한편으로 가족 갈등 서사가 여러 유형의 텍스트와 매체 문화 양식들로 변용되어 지속적으로 향유되고 재생산되는 양상은 가족 갈등이 매우 오랜 시간 동안 많은 사람들이 고민해 온 문제이면서 가족이 있는 곳에서는 어디서나 볼 수 있는 일들이고, 현재도 일어나고 있는 사건임을 말해준다. 설화로 향유되던 이야기가 소설 양식으로 만들어지고, 새로운 매체 양식인 영화나 드라마, 웹툰 등의 문화콘텐츠로 거듭난다. 그래서 지금 이 시대에서도 가족 갈등 서사는 여전히 향유되고 있는 것이다.

이 연구에서는 가족 갈등의 문제가 예나 지금이나, 동서양 문화 모두에서 볼 수 있는 보편적 문제라는 점에 주목하여 설화와 소설 그리고 영화, 동양과 서양 그리고 고전과 현대라는 여러 면에서 차이를 지닌 텍스트들을 상호문화적 관점에서 분석하고, 비교해 보고자 한다. 가족 공동체가 세계 공통의 것이라는 점에서 인류 보편의 문제라는 관점으로 비교하면 오히려 그 사회문화적 독자성을 더욱 잘 볼 수 있을 것으로 기대된다. 특히 요즘과 같이 한국 문화가 세계적으로 공유, 확산되고 한국어문학의 위상이 한국이라는 지역성을 벗어나고 있는 상황에서 서로 다른 문화를 긍정적으로 인식하며 보편성을 찾아 비교하는 관점이 유용할 수 있을 것이다.

● 서사 속 가족 갈등 살피기

고전소설, 설화, 세계 각국의 동화 등 각종 서사 속 가족 갈등은 어떻게 살필 수 있으며 거기에서 우리가 무엇을 의미 있게 보아야 할까? 고전소설이든 설화든 서사 속에서 가족 갈등은 가족 관계를 이루는 구성원 간에 일어나며 여러 가지 형태의 사건으로 드러난다. 그래서 우선은 각 서사에서 갈등 관계에 있는 주체들의 상황을 분석하고, 가족 구성원 간에 갈등이 촉발되는 계기와 원인, 갈등의 결과를 살펴볼 필요가 있다. 나아가 서사 전개 과정에서 갈등이 심화되거나 해소되는 방식을 추적함으로써, 가족 갈등에 대한 서사 내적 해결과 이에 대한 당대 향유층의 관점을 추론해 보고자 한다. 이러한 과정을 통해 서사 속에서 형상화된 가족 갈등의 양상에 드러난 현실적 문제와 그에 관한 해결 방식에 대해 고찰해 볼 것이다.

다양한 가족 갈등 서사는 아버지와 어머니, 친딸과 의붓딸, 형제지간 등 여러 가족 구성원 간의 감정과 처한 상황이 마주치면서 전개된다. 이는 가족 갈등이 단순히 어느 누군가의 잘못이나 태도 문제가 아님을 말해준다. 가족 갈등은 가족 구성원 간에 일어나는 문제이기에 상대적이면서도 주관적인 성격을 지닌다. 그러면서도 가족이 있는 곳에서는 언제든 일어나는 보편성을 지니고 있어, 가족 갈등은 개별적 사건이면서도 보편적 문제로 확대해 볼 수 있는 것이다.

이 글에서는 가족 갈등의 양상을 부모와 자식 관계를 중심으로 살펴보고자 한다. 부모와 자식 간에 일어나는 가족 갈등이 가장 핵심적이면서도 서사 자료가 풍부하기 때문이다.

가족 관계에 대한 연구들

가족 관계에 대한 연구는 사회학 분야나 심리학 연구, 인류학 연구, 문학 연구 등 다양한 분야에서 이루어졌다. 문학 연구 외의 다른 분야 연구는 그 대상이 실제 사람들이 사는 사회에서 일어나는 것이기에 성격이 좀 다르다고 할 수 있다. 예를 들어 가족 관계론에서의 가족 갈등은 실제적이고 현실적인 가족 내에서 일어나는 일이다. 그래서 가족 관계를 다루는 사회학적 연구에서는 주로 가족 내에서 발생하는 문제에 대한 통계 조사를 바탕으로 문제의 원인과 해결을 모색한다. 심리학적 연구에서는 가족 갈등의 원인을 개인의 심리, 그리고 가족 구성원의 심리를 파악, 분석하고 심리 치료를 통해 해결하는 방법을 찾는다.

그렇지만 문학 작품에서의 가족 갈등은 실제 현실에서 얼마든지 일어날 수 있는 문제를 형상화하기도 하고, 실제 현실에서 발생한 문제를 바탕으로 해결 방법이 제시되기도 하여 그 현실적 타당성은 문제 되지 않는다. 이러한 문학 작품에서의 가족 갈등은 왜 이러한 양상으로 벌어지는가, 가족 간에 일어나는 심각한 문제의 원인과 책임이 어디에 있는가 등 당대 현실에서 충분히 가능한 가족 간의 문제에 대한 공감을 시도하고, 사회적, 윤리적 대책을 모색하는 의의가 있다.

우리 국어사전에서 갈등은 크게 3가지로 정리한다.[2] 일반적으로는 "칡과 등나무가 서로 얽히는 것과 같이, 개인이나 집단 사이에 목표나 이해관계가 달라 서로 적대시하거나 충돌함. 또는 그런 상태."로 정의할 수 있으며, 심리적으로는 "두 가지 이상의 상반되는 요구나 욕구, 기회 또는 목표에 직면하였을 때, 선택을 하지 못하고 괴로워함. 또는 그런 상태."라 할 수 있다. 현실 가족 공동체 내에서의 갈등은 가족 간의 충돌이라 할 수 있을 것이다. 사전에서 풀이하는 문학 작품 내에서의 갈등은 "소설이나 희곡에서, 등장인물 사이에 일어나는 대립과 충돌 또는 등장인물과 환경 사이의 모순과 대립을 이르는 말."이라 하여 비평적 개념을 제시하고 있다.

사전적 정의를 원용하여 보면 가족 갈등은 '가족 사이에 일어나는 상반된 욕구의 충돌, 그리고 가족 간의 대립과 충돌'이라고 할 수 있다.[3] 실제 가족 갈등은 가족 관계에 따라 세분화하여 볼 수 있는데, 크게는 부모와 자식 간의 갈등, 형제 자매 간의 갈등, 부부 간의 갈등으로 나누어 볼 수 있다.

조동일은 우리 한국 고전소설에 나타나는 가족 관계에 대

---

[2] 표준국어대사전,
https://ko.dict.naver.com/#/entry/koko/d80c561577f1459f8f61c3f6b137c72f
[3] Brommel(1988)도 "갈등이란 가족 내 두 사람 이상의 구성원들이 자신의 욕구가 상대방과 상충된다고 생각하는 과정"이라고 정의한 바 있다(조성연 외, 『가족관계론』, 양서원, 2017.).

해 다음과 같이 논의한 바 있다.[4]

　　"고전소설이 이루어진 전통사회에서는 개인이 가족의 유
대 속에서 생활하고, 사회갈등도 자기 대외적인 특성인 가문
에 부여되는 지위나 기회에 따라서 했다. 가족 관계가 윤리나
질서의 근본이라고 여겼다. 국가는 가족의 확대판이라고 생각
했다. …(중략)… 전통사회는 신분사회였다. 근대 이후의 사회
는 계급사회이다. 경제행위의 이해관계에 따라 나누어진 사회
집단인 계급은 신분처럼 공인되지 않고 또한 유동적이다. 가
족 전체의 지위 변화를 동반하지 않고 개인이 계급 상승인 계
급하락을 겪을 수 있다. …(중략)… 소설은 가족들 사이의 정상
적인 관계는 관심 밖에 두고, 문제가 있는 관계만 확대해 다룬
다. 가족 관계를 수평축을 이루는 부부 관계와 수직축을 이루
는 부모와 자식의 관계로 나누어 보는 방법이 그 점을 구체적
으로 확인하는 데 도움이 된다. 한국 고전소설은 수평축과 수
직축의 가족 관계에서 각기 무엇이 문제라고 했던가를 밝혀
논하면, 소설의 사회사에 대한 이해를 심화할 수 있다."

　　위에 의하면 우리 고전소설에서 가족 관계는 국가와 유사
한 구조로 존재하여 근대 이후의 가족과는 큰 차이가 있다.

---

4)　조동일, 「한국고전소설에 나타난 부자갈등」, 『일본연구』 15, 한국
　　외국어대학교 일본연구소, 2000, 105~113쪽.

이는 다시 말해 가족 내에서도 국가 사회처럼 신분이 존재하고, 부모와 자식 간에도 신분 차이와 같은 권위와 복종이 요구되는 관계라 할 수 있는 것이다. "국가는 가족의 확대판이라고 생각했다."라는 것이 바로 그러한 특성을 지적한 것이다. 그래서 현대 사회에서의 가족 관계로는 상상할 수 없는 위계가 존재했다고 할 수 있다.

또 한 가지 상기할 것은, 현대 소설도 그렇겠지만, 고전소설 속에서 가족 관계는 정상적인 것보다는 문제가 되는 관계가 주로 강조되고 사건화된다는 것이다. 그래서 소설을 읽으면서 정상적이고 보통의 평범한, 평온하기만 한 가족 관계를 기대할 수는 없다. 우리는 보통 소설을 읽으며 가족 간에 있을 수 있는 심각한 문제를 발견하거나 상상하게 되는 것이다.

조동일은 그의 연구에서 부자 관계 문제가 형제 관계로 자주 나타난다고 하면서, 이러한 양상을 <유효공선행록>, <흥부전>, <보은기우록> 등에서 볼 수 있다고 하였다.

한편 강성숙[5]은 효행 설화를 바탕으로 효와 관련된 갈등 문제를 논의하였다. 그는 "동양 사회에서는 인간 윤리의 기본적인 덕목으로 인식되며, 현재까지도 절대적인 불변의 가치로 자리매김해 오고 있다. 고대 중국에서 효의 개념이 정립

---

5) 강성숙, 「효행 설화 연구−『삼국사기』,『삼국유사』에 나타나는 효행 양상을 중심으로−」,『동양고전연구』 제48집, 동양고전학회, 2011, 7~39쪽.

된 이후, 이 땅에서도 현전하는 가장 오래된 역사서인 『삼국사기』, 『삼국유사』의 기록에서 효자/녀의 행적이 발견된다.”고 하면서 “삼국시대 이후 孝行은 公的 차원에서 끊임없이 강조되고, 포상되며, 교육되어 왔다. 그 과정에서 효행의 양상은 병든 부모를 위해 한겨울에 죽순을 구하거나, 손가락 또는 허벅지 살을 잘라 먹이고, 자식까지 희생시키는 비합리적이고 잔혹한 형태로 유형화되기에 이르렀다.”고 평가한다. 그러면서도 “이러한 행위에 뒤이어 발생하는 효험, 즉 ‘병이 바로 나았다’는 결과로 인해 효자의 異蹟은 신성시되고 보상이 따르게 된다.”는 점에 주목하고 문제를 제기한다.

강성숙이 제기하는 문제는 효행이라는 것이 자녀로서 부모에 대해 당연히 해야 할 것이기는 하지만, 이러한 개인의 윤리에 사회와 국가의 욕망이 개입하여, 자녀에게 실천하기 어려운 극한의 희생을 요구한다는 것이다. 다시 말해, 효행을 다루는 서사에서 자녀의 희생은 당연한 것으로, 아무리 극한적 어려움이 있더라도 부모를 위해 실천해야 하는 것으로 제시하면서, 부모의 역할에 대해서는 별로 관심을 두지 않는다는 것이다.

김세정[6]은 ‘영속적 생명관’과 ‘생명공동체’의 관점에서 바라본 효에 대한 내용을 다음과 같이 설명한다.

<hr>

[6] 김세정, 「조선 중후기 효자전의 효, 죽임의 효인가? 살림의 효인가?」, 『유학연구』 제59집, 충남대학교 유학연구 논문집, 2022, 251~286쪽.

"먼저 '영속적 생명관'의 관점에서 바라본 '효'이다. 생명체는 기본적으로 영원히 살고자 하는 본능을 지닌 반면, 태어나면 성장과 노화의 과정을 거쳐 반드시 죽음을 맞이하고 소멸한다. 그런데 죽음으로 인한 소멸에서 벗어나 생명을 영속해가는 방법이 있다. …(중략)… 이러한 '영속적 생명관'의 관점에서 볼 때, 내 몸을 손상 시키거나 죽이는 일은 나의 부모님과 조상을 다치게 하거나 죽이는 일이 된다.

다음은 '생명공동체'의 관점에서 바라본 '효'이다. …(중략)… 온전한 몸으로 인간의 도리를 행함으로써 자신의 명성을 날리는 것이 바로 자신을 낳아주고 길러주신 부모님을 빛내는 것으로, 이것이 바로 효도의 끝마침이라는 것이다."

그리고 조선 중·후기 효자전에 수록된 다양한 사례들을 분석하여 이들 사례를 '죽임의 효'와 '살림의 효' 두 가지 유형으로 나누고, 각각의 사례에 대한 분석과 비판을 통해 바람직한 효의 본질과 방안들을 모색하고 있다. 그에 의하면 조선조 중·후기 효자전 가운데 먼저 유교가 본질적으로 추구하는 '영속적 생명관'과 '생명공동체'에 반하는 '죽임의 효'와 관련한 내용은 1) 병들거나 위독한 부모를 위해 자신의 신체를 손상하는 단지(斷指)나 할고(割股)와 같은 사례, 2) 돌아가신 부모를 뒤따라 죽으려 하거나 죽은 경우, 3) 복수를 위해 부모를 죽인 원수와 그 가족을 살해한 경우, 4) 죽은 남편을 따

 가족 갈등 서사의 상호문화적 이해

라 아내가 죽으려 한 일 등의 유형으로 나누어진다고 한다. 이러한 유형은 후대 서사에서도 볼 수 있는 양상으로 매우 유의미하다고 판단된다. 김세정은 이 연구에서, 죽임의 사례만이 아니라 효를 통한 살림의 양상도 있다고 하며 현대사회에서의 효에 대해 다음과 같이 제안한다.

> "현대 사회에서 효는 삼강 이데올로기에 근거한 죽임의 효에서 영속적 생명관과 생명공동체에 근거한 살림의 효로 새롭게 태어나야 한다. 생명 살림의 효의 사례들을 더 많이 발굴하고, 영속적 생명관과 생명공동체의 관점에서 효를 새롭게 재정립하고, 이를 바탕으로 현대 사회에 맞는 효 교육과 실천 방안들을 새롭게 만들어갈 필요가 있다."

한편, 서사화된 가족 관계 파악을 위해 시대를 거슬러 올라가 보면 신화에서 그 근원을 찾아볼 수 있다. 이는 동서양을 막론하고 공통된 것으로, 신화에서부터 가족의 형성과 유지, 그 역사적 전개에서 일어나는 다양한 갈등들이 서사화되고 있는 것이다. 이러한 신화에 나타난 가족 관계에 대해 생각해 볼 수 있는 것이 김대숙[7]의 논의이다. 김대숙은 신화 속에서 가족 관계를 다음과 같이 파악한다.

---

7) 김대숙, 「한국신화의 가족구성체계 연구(Ⅰ) : 비교신화 연구를 위한 시론」, 『논문집』 13, 평택대학교, 1999, 46~59쪽.

"한국의 상고대 신화는 '집안의 서사체'이면서도 조손 삼대에 걸친 '삼대의 서사체'이다. 이에는 동명왕 신화와 단군 신화가 해당된다. …(중략)… 남자는 천상적 존재이고 여자는 지상의 대표자이다. …(중략)…

이 신화를 구성하는 가족 관계는 부부관계와 부자관계가 모두 나타나는데 두드러지게 차이가 나지는 않지만 상대적으로 비교한다면 부자관계가 부부관계보다는 중요하게 보인다."

신화를 중심으로 가족 관계를 살피면 부자 관계와 부부 관계 모두 나타나긴 하지만 굳이 비중을 따지자면 서사 작품에 따라 상대적으로 부부 관계보다는 부자 관계가 더 중요하게 다루어진다고 할 수 있다는 것이다. 예를 들어 제석본풀이에서는 부자 관계가 더 의미 있다고 한다.

이렇게 신화는 신의 내력, 신의 이야기로 전승되는 것이지만 따지고 보면 사람살이에서 볼 수 있는 가족 관계가 근간으로 존재하고 있음을 알 수 있다. 우리의 고대 신화에는 부부 관계, 부자 관계, 시부모와 며느리 관계 등 다양한 가족 관계가 드러나며 이러한 가족 구성원 사이에 일어나는 사건들이 잘 형상화되어 있기 때문이다.

이렇게 가족 갈등 서사에 대한 이해는 우리의 역사와 뿌리에 대한 해석이면서 동시에 지금 내가 살아가고 있는 현실과 가족에 대한 성찰의 의미가 있다. 가족 갈등 서사는 부정적일 수도 있는 현실의 문제를 냉정하게 인식하는 방편이기도 하면서 긍정적 현실을 꿈꾸는 극복의 방법이기도 한 것이다.

● 상호문화적 관점

이 연구에서 대상으로 삼는 텍스트는 가족 갈등을 다룬 한국의 고전 서사와 문화콘텐츠, 그리고 세계 여러 나라의 서사이다. 이는 가족 갈등의 문제가 예나 지금이나, 동서양 문화 모두에서 볼 수 있는 보편적 문제이고, 예로부터 지금까지 다양한 문학 양식과 콘텐츠 형식으로 존재하며 향유되었기 때문이다. 이 연구에서는 이러한 점에 주목하여 소설이나 동화와 같은 서사 자료와 영화 등 동양과 서양, 고전과 현대라는 여러 면에서 차이를 지닌 텍스트들을 함께 다루어 보고자 한다.

여기서 다루는 고전 서사는 주로 우리나라의 설화나 고전소설 작품을 중심으로 하고, 상호문화적 이해를 위한 자료로서 관련된 외국의 고전 서사 텍스트와 현대 문화콘텐츠를 활용할 것이다. 이러한 자료들을 바탕으로 가족 갈등의 양상을 분석함으로써, 가족 갈등의 문제를 한국의 특수한 문화로 이해하는 데에서 나아가 세계의 보편 문화로 이해할 수 있는 계기를 상호문화적 관점을 통해 마련해 보고자 한다.

‘상호문화적’ 관점은 서로 다른 문화적 맥락에서 생성되고 향유된 텍스트들을 비교함으로써 적절한 수용의 방향을 조정할 수 있는 관점이라 판단된다. 상호문화주의는 기존의 다문화주의라는 용어가 가진 한계를 극복하면서 서로 다른 문

화의 만남과 교섭을 긍정적으로 만들 수 있는 관점이라 할 수
있다. 이는 어떤 문화를 수용하는 주체가 새로운 문화를 포
용적이면서도 주체적으로 받아들일 수 있는 관점으로, 수용
주체가 가진 기반 문화를 부정하거나 외면하지 않고, 새로운
문화와의 공통점, 보편성을 탐색하는 것이다.[8]

　상호문화주의 이전의 다문화주의 관점이 새로 유입된 사
회 구성원의 문제에 대해 일괄적으로 거부하거나 통합이 아
닌 분리나 배제의 태도를 취하는 것이었다면,[9] 상호문화주

---

8) 상호문화주의의 철학적 기반은 다문화교육의 문제에서 발견한
‘다원성 속에서의 통일’을 추구하는 것이라 할 수 있다. 이와 관련
하여 정창호(정창호, 「다문화교육의 반성적 기초로서의 상호문화
철학」, 『교육의 이론과 실천』 22권 3호, 한독교육학회, 2017.)의 다
음과 같은 문제 제기를 참조할 수 있다.

　“흔히 용광로 정책과 샐러드 볼 정책에 비유할 수 있는 이 두
가지 방안이 모두 한계를 드러낸다면, 새로운 대안은 양자의
한계를 피하면서 다문화적 공생의 사회를 만들어 나갈 수 있
는 제3의 삶의 방식을 찾아내는 일이다. 이 제3의 삶의 방식은
주류집단이 자기 문화를 중심으로 하여 소수집단의 문화를 일
방적으로 통합하려 하거나 반대로 집단 상호 간의 관용과 존
중을 요구하는데 그쳐 결과적으로 사회의 분열을 초래하게
되는 것도 거부한다. 그러므로 다문화사회는 우리에게 근대
계몽주의 이래의 이성 중심주의나 이분법적 사유에 대한 재고
를 요구하며, 문화적으로 이질적인 사람과 집단이 공생적인
질서를 건설하는 데 필요한 민주적이고 역동적인 관계 방식을
마련하라고 요구한다. 즉 다문화사회는 다원적 상황을 공생
의 기회로 만들 수 있는 대안적인 삶의 방식과 세계관 그리고
‘철학’을 요구한다.”

의는 서로 다른 문화 사이의 공통점과 보편성을 찾음으로써 통일성을 추구하는 것이라 할 수 있다. 결국 상호문화적 관점은 서로 다른 문화에 대해 공감과 포용의 시선을 갖도록 하는 것이며, 차별하거나 배제하는 것이 아니라 함께 살아갈 수 있는 철학적 기반을 제공한다.

특히 상호문화적 관점은 현대인이 우리의 고전 서사 작품을 이해하는 유효한 관점이 될 수 있다. 그것은 우리의 고전문학이 가진 현대와의 거리 때문이다. 이 거리는 단순한 시간적 차이의 문제가 아니다. 현대인의 관점에서 고전 서사를 수용할 때에는 문화적, 사회적, 역사적 상황의 차이에서 오는 인식적, 철학적, 관습적, 생활적 문제를 고려해야 한다.

이를 좀 과장해서 표현하자면, 현대인의 입장에서 우리의 고전 서사 작품은 외국 문학 작품과 유사한 수용의 어려움을 갖고 있다고 할 수 있을 것이다. 그래서 다문화사회에서 유효한 상호문화적 관점은 우리의 고전 서사를 이해하는 데에도 필요한, 그리고 적절한 방법이 될 수 있으리라 기대된다.

---

9) 다문화주의와 상호문화주의의 차이에 대해 주광순(주광순, 「상호문화철학의 비전」, 『대동철학』 76, 대동철학회, 2016.)의 설명을 참고할 수 있는데, 다문화주의와 변별되는 상호문화주의의 핵심은 서로 다른 문화 간의 쌍방향적 소통과 보편성의 발견, 그리고 차이에 대한 존중이라 할 수 있다.

한국 고전문학 작품에서 가족 갈등이 드러나는 서사는 우선 계모로 인한 전처 자식들의 문제를 다룬 작품들을 들 수 있다. 계모와 의붓자식 간의 갈등은 계모와 의붓딸, 계모와 의붓아들 간의 갈등으로 나누어 관련 작품을 볼 수 있는데, <콩쥐팥쥐> 설화와 <콩쥐팥쥐전>, <손 없는 색시> 설화, 계모와 의붓아들 갈등이 드러나는 <약 되는 아들 간> 유형의 설화 중 <전실 자식 간 빼려는 계모> 설화 등 계모와 의붓자식의 갈등이 드러난 설화 자료들을 살펴보고자 한다.

이러한 작품들은 자신이 낳지 않은 자식을 기르는 과정에서 일어나는 사건을 다루고 있는데, 우리 고전 서사에 나타나는 가족 갈등과 유사한 양상을 그림 형제의 동화 <신데렐라>, <손 없는 처녀>, <향나무> 등과 비교하여 볼 것이다. 아울러 현대 영화나 드라마와 관련지어 봄으로써 상호문화적으로 이해할 계기를 마련해 보고자 한다.

이 연구에서 목표로 하는 가족 갈등 서사에 대한 상호문화적 이해의 결과는 우선적으로 우리의 고전 서사 작품에서 가족 갈등의 원형적 양상을 파악하고, 그 원인과 해결 방식에 대해 고찰하는 의의를 지닌다. 이는 고전 서사와 우리의 삶을 관련시켜 이해하는 방식이면서 여전히 현대 사회에서도 반복되고 있는 가족 갈등 문제를 성찰하고 해결 방식을 모색할 수 있는 의의를 제공한다.

그리고 이 연구에서는 설화나 고전소설에 나타난 가족 갈등 서사뿐만 아니라 현대의 영화나 드라마와 같은 문화콘텐츠와 비교함으로써 상호문화적 이해를 추구한다. 이러한 고전 서사와 현대 서사의 비교 결과는 상호문화적 한국어교육, 나아가 보편성에 입각한 한국 문화의 전파, 세계화에 기여할 수 있으리라 기대한다.

이는 현대 한국 사회가 다문화사회이며, 다양한 문화의 혼종과 갈등이 존재하여 상호문화적 이해가 필요한 상황이기 때문이다. 이미 우리 사회에는 다양한 국적의 사람들과 민족들이 함께 하고 있기 때문에 서로 다른 문화적 토대에서 성장, 생활한 사람들을 이해하는 과정과 인식이 필요하다. 이러한 상황에서 상호문화적 관점은 매우 유효할 것이다.

다른 문화에 대한 상호문화적 이해의 관점은 서로 다른 문화적 배경을 지닌 구성원들을 사회로 통합할 수 있는 방법으로 제시되어 왔다. 고전 서사에서 발견되는 다양한 가족 갈등의 원인과 해결 과정은 오래전부터 반복되어 온 인간사의 보편성을 보여준다고 할 수 있어서 상호문화적 이해의 자료로 유용하다 할 것이다.

또한 이 연구의 내용은 다양한 서사 텍스트를 통해 가족 갈등이 심화되는 현대 사회의 문제를 해결하기 위한 기초 자료로 활용될 수 있다. 가족이라는 공동체는 그 존재의 역사만큼이나 갈등의 역사가 반복되었다고 해도 과언이 아닐 것이다. 그리고 가족 갈등을 다루는 서사 텍스트들은 이러한 현실적 문제를 형상화하면서 해결해 온 역사적, 사회적 결과라고도 할 수 있다. 가족 갈등이 드러난 서사는 우리의 고전소설뿐만 아니라 현대 소설, 웹툰, 영화, 드라마 등 다양한 양식의 문화 콘텐츠들에서 볼 수 있다. 그래서 고전 서사에 나타난 가족 갈등 문제를 서양의 서사 텍스트와 현대의 문화콘텐츠로 적용 및 확장하여 그 양상을 분석하고 해결 방법을 탐색한 결과는 현대의 가족 갈등 해결을 위한 자료가 될 수 있을 것이다.

가족 갈등 서사의
상호문화적 이해

의붓자식의 불행을 바라는 계모 이야기

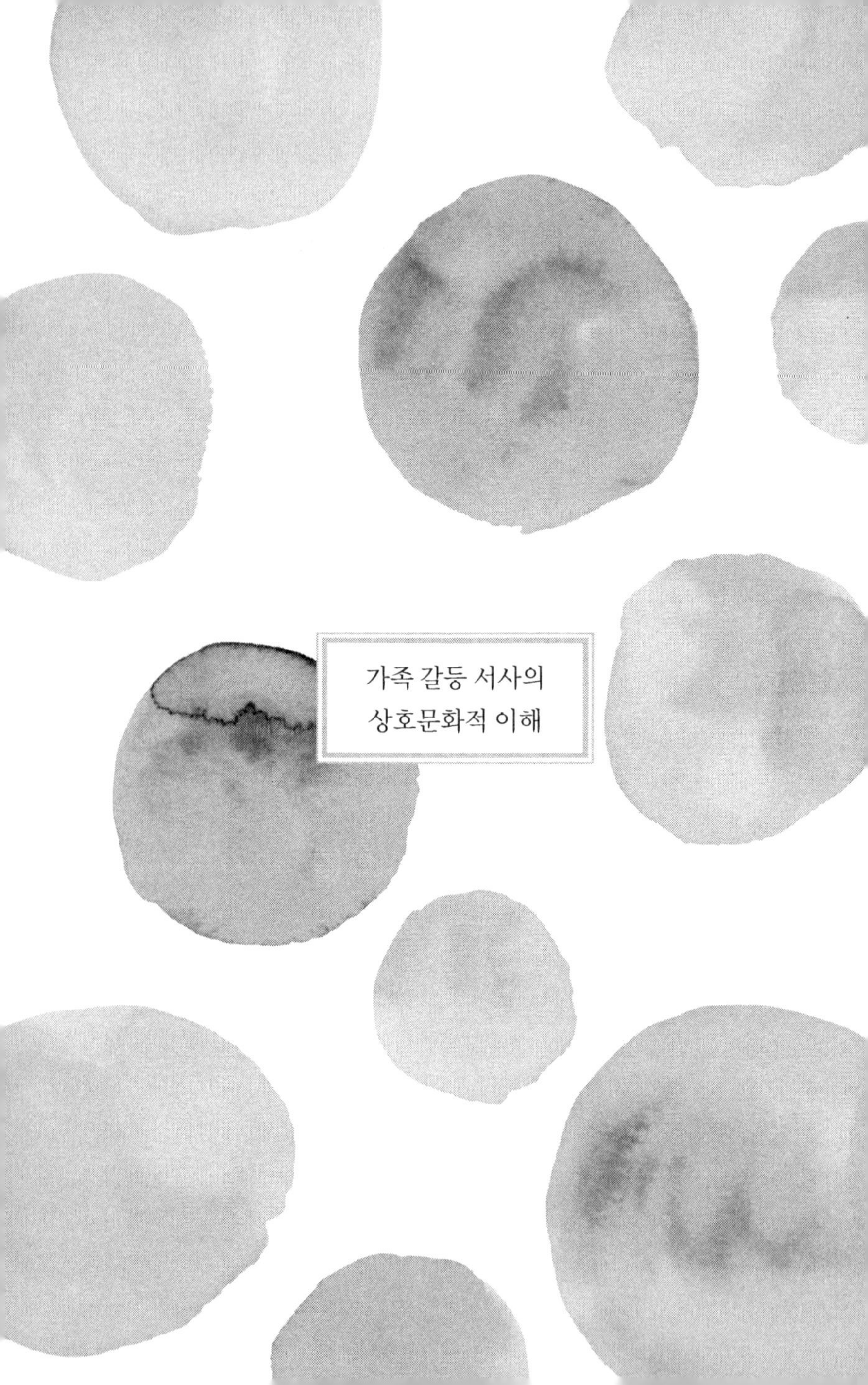

가족 갈등 서사의 상호문화적 이해

<h1 style="text-align:center">(1) 〈콩쥐팥쥐〉 이야기</h1>

고전 서사에서 자신이 낳지 않은 자식과의 가족 관계 문제는 우선 계모와 의붓딸 사이에서 볼 수 있다. 이와 관련되는 작품으로 설화로는 <손 없는 색시>, <콩쥐팥쥐>, 고전소설로는 <콩쥐팥쥐전>, <장화홍련전>, <연당전> 등을 들 수 있다.[10] 여기서 <콩쥐팥쥐전>은 설화 <콩쥐팥쥐>와 밀접한 관련이 있으며, 설화 <손 없는 색시>는 고전소설 <연당전>과 연관성이 있다. 이 장에서는 <콩쥐팥쥐> 설화와 고전소설 <콩쥐팥쥐전>을 중심으로 계모와 의붓딸 사이의 문제가 다루어지는 방식과 서사 속 해결 방법에 대해 살펴보고자 한다.

---

10) 계모형 서사의 대표적 작품 중 하나인 <장화홍련전>은 이들 서사를 논의하면서 필요에 따라 살피도록 한다.

● 설화 〈콩쥐팥쥐〉와 고전소설 〈콩쥐팥쥐전〉

〈콩쥐팥쥐〉 이야기는 설화로 구연, 향유되면서 우리에게 잘 알려진 작품이다. 향유층도 매우 다양해서, 어린아이에서부터 나이 드신 어른까지 남녀노소를 가리지 않고 이야기된 대중성을 지니고 있다. 매체를 달리해서 만들어진 버전들도 있어서, 〈콩쥐팥쥐〉 이야기는 동화, 애니메이션, 소설 등 다양한 양식으로 존재한다고 할 수 있다. 〈콩쥐팥쥐〉 설화 자료를 중심으로 현황을 정리하면 다음과 같다.[11]

1. 〈콩쥐팥쥐〉(『한국구비문학대계』[12] 1-4, 785~789쪽.)

---

[11] 이 목록은 다음의 연구에서 제시한 자료들을 바탕으로 정리하고, 아울러 기타 산재한 자료를 추가하여 종합한 것이다.
이원수, 「콩쥐팥쥐 설화 연구」, 『문학과 언어』 19, 문학과언어학회, 1997.
권순긍, 「〈콩쥐팥쥐전〉의 형성과정 재고찰」, 『고소설 연구』 34, 한국고소설학회, 2012.
YU YANG, 「〈섭한(葉限)〉과〈콩쥐팥쥐〉의 비교 연구 : 문헌과 문화적 배경을 중심으로」, 경희대학교 대학원 석사학위논문, 2022.
상염, 「아시아 지역 '콩쥐팥쥐형' 설화 연구」, 한국외국어대학교 대학원 박사학위논문, 2022.

[12] 『한국구비문학대계』는 전 85책으로 한국정신문화연구원에서 1980년부터 1992년까지 발간하였으며, 현재까지도 새로운 구비문학 자료가 지속적으로 축적되고 있다. 이 글에서 인용하는 자료는 『한국구비문학대계』를 데이터베이스화하여 제공하는 디지털 종합정보시스템에서 활용함을 밝혀 둔다. 해당 사이트 주소는 '한국구비문학대계, https://kdp.aks.ac.kr/gubi'이다.

2. <콩쥐팥쥐>(『한국구비문학대계』 1-9, 246~252쪽.)

3. <콩쥐팥쥐(해와 달의 유래)>(『한국구비문학대계』 5-1, 269~
273쪽.)

4. <콩쥐팥쥐>(『한국구비문학대계』 5-1, 361~363쪽.)

5. <콩조지 팥조지>(『한국구비문학대계』 5-2, 538~543쪽.)

6. <콩쥐팥쥐>(『한국구비문학대계』 8-8, 102~111쪽.)

7. <콩쥐팥쥐>(『한국구비문학대계』 1-9, 460~466쪽.)

8. <팥조시와 계모>(『한국구비문학대계』 7-6, 196~199쪽.)

9. <콩단이 팥단이와 호랑이>(『한국구비문학대계』 7-15, 196~
199쪽.)

10. <콩남이와 팥남이>(『한국구비문학대계』 7-16, 111~113쪽.)

11. <콩중이팥중이>(임석재, 『한국구전설화』 1, 평민사, 1996,
133~139쪽.)

12. <콩쥐폴쥐>(임석재, 『한국구전설화』 3, 평민사, 1993, 251~
255쪽.)

13. <콩쥐폴쥐>(임석재, 『한국구전설화』 6, 평민사, 1993, 307~
309쪽.)

14. <콩쥐폴쥐>(임석재, 『한국구전설화』 7, 평민사, 1993, 263~
269쪽.)

15. <콩쥐와 팥쥐(콩데기폴데기)>(임석재, 『한국구전설화』 9, 평
민사, 1992, 71~72쪽.)

16. <콩쥐팥쥐>(임석재, 『한국구전설화』 9, 평민사, 1993, 261쪽.)

17. <콩쥐팥쥐>(임석재, 『한국구전설화』 9, 평민사, 1993, 262쪽.)

18. <콩쥐팥쥐(콩각시폴각시)>(임석재, 『한국구전설화』 10, 평민사, 1993, 298~301쪽.)

19. <콩쥐팥쥐>(임석재, 『한국구전설화』 10, 평민사, 1993, 301~304쪽.)

20. <콩쥐팥쥐>(임석재, 『한국구전설화』 11, 평민사, 1993, 57~60쪽.)

21. <콩쟁이 팥쟁이>(진성기, 『남국의 전설』, 박문사, 1964, 154~156쪽.)

22. <콩례와 팥례>(임동권, 『한국의 민담』, 서문당, 1972, 298쪽.)

23. <콩쥐팥쥐와 호랑이>(『韓國民俗綜合照査報告書』 제4편(경상북도), 문화공보부 문화재관리국, 제7편 구비전승, 1974, 100~101쪽.)[13]

24. <콩쟁이 팥쟁이>(『韓國民俗綜合照査報告書』 제5편(제주도), 문화공보부 문화재관리국, 제7편 구비전승, 1974, 110쪽.)

25. <콩쟁이 폿쟁이>(『韓國民俗綜合照査報告書』 제5편(제주도), 문화공보부 문화재관리국, 제7편 구비전승, 1974, 110~111쪽.)

26. <콩쥐팟쥐>(최남선, 『怪奇』 2, 동명사, 1929, 117~119쪽.)

27. <콩쥐팟쥐>(심의린, 『조선동화대집』, 보고사, 2009, 248~255쪽.)

---

13) 이 자료는 제목이나 내용에 콩쥐와 팥쥐가 나오지만, 서사 전개로 보면 <해와 달이 된 오누이> 설화에 해당할 것으로 보인다.

28. <한국의 신데렐라>(이만열, 옥성득 편역, 『언더우드 자료집 Ⅲ』, 연세대학교 국학연구소, 2007, 206~218쪽.)

   <콩쥐팥쥐> 설화는 1919년 대창서원에서 <콩쥐팥쥐전>이 나오기 전에도 다양한 이야기의 모습을 지니고 향유되고 있었음이 확인된다.[14] 설화와 소설의 선후 관계에 대해 다른 견해가 있을 수 있었던 것은 고전소설 <콩쥐팥쥐전>의 경우, 필사본이나 방각본이 없이 활자본만 존재하였기 때문이라 할 수 있다. 그리고 설화 <콩쥐팥쥐> 중에는 소설과 유사한 자료도 있어, 소설이 먼저 만들어지고, 설화는 고전소설을 구연한 것으로 볼 수도 있는 가능성 때문에 설화가 먼저인지 소설이 먼저인지에 대한 의혹이 있었다. 실제로 소설과 유사한 서사 전개를 보이는 설화의 경우, 고전소설 <콩쥐팥쥐전>을 읽은 구연자가 다시 이야기로 말했을 가능성도 있다.

   현재까지 밝혀진 바로 확실한 것은 설화로 형성되고, 여러

---

14) 이에 대해 권순긍이 이원수(이원수, 위의 글)와 오윤선(오윤선, 「'콩쥐팥쥐 이야기'에 대한 고찰」, 『어문논집』 42, 안암어문학회, 2000)의 논의를 기반으로 확정지은 바 있다. <콩쥐팥쥐> 설화는 서양의 <신데렐라> 설화와 유사성을 지니고 있고, 설화의 이야기 내용이 소설과 유사한 경우도 많아, 설화와 소설의 선후 관계에 대해 학자에 따라 다른 견해를 보였었다. 설화와 소설의 선후 관계 문제에서 대창서원본 <콩쥐팥쥐전>의 실체가 확인됨으로써, 소설 이전에 <콩쥐팥쥐> 설화가 있었다는 것으로 권순긍이 자신의 견해를 수정하였다(권순긍, 위의 글).

지역에서 다양하게 향유된 <콩쥐팥쥐> 이야기가 고전소설 <콩쥐팥쥐전> 이전에 이미 있었고, 이는 소설의 형성 과정에 기여했을 것이라는 점이다. 가족 갈등의 양상과 해결 과정 분석을 위해 고전소설 <콩쥐팥쥐전>과 설화 몇 편의 서사를 대략적으로 정리해 보도록 한다.

》》》 [자료] 2. 〈콩쥐팥쥐〉(『한국구비문학대계』 1-9, 246~252쪽.)

1. 어머니가 돌아가시고 아버지가 다시 장가를 들었는데, 죽은 어머니 딸은 콩쥐고, 새로 들어온 어머니의 딸은 팥쥐였다.

2. 계모는 콩쥐를 박대했는데, 어느 날 콩쥐에게는 막대기 호미를 주고 잔돌멩이 밭을 매라고 하고, 팥쥐에게는 쇠호미를 주고 모래밭을 매게 했다.

3. 콩쥐가 나무 호미가 자꾸 부러져 울자, 하늘에서 검은 소가 내려와 콩쥐가 매던 밭을 다 매고, 과일을 준다. 그러나 과일 때문에 도리어 구박받는다.

4. 계모는 콩쥐에게 벼를 찧고, 밑 빠진 독에 물을 그리고 밑 빠진 절구에 벼를 채우고, 밑 빠진 솥에 밥을 해 놓고 잔치에 오라고 한다.

5. 새 떼가 와서 벼를 찧어주고, 두꺼비가 독의 구멍을 막고, 할머니가 나타나 벼를 채우고 밥하는 것을 알려준다. 그

리고 꽃신과 옷을 준비해 주어 콩쥐가 잔치에 가는데, 도
중에 계모를 만난다.

6. 계모와 팥쥐가 콩쥐를 물속으로 밀어 다리에 빠져 죽게 한
다. 아버지가 콩쥐를 찾자, 팥쥐는 콩쥐가 서방질하여 개
울에 빠뜨렸다고 한다.

8. 아버지가 팥쥐를 데리고 콩쥐를 찾아갔는데, 물에 빠져
죽어 연꽃이 된 콩쥐를 보고, 팥쥐가 연꽃을 따려다가 물
에 빠져 죽는다.

[자료] 2는 계모가 여러 가지 과제를 부여하여 콩쥐를 구
박하는 내용이 있다는 점에서 다른 자료들과 공통적 특성을
보인다. 그런데 계모와 팥쥐가 함께 있는 다리 위에서 콩쥐를
물에 빠져 죽게 한다는 독특성이 있다. 그리고 아버지가 등장
하여 콩쥐를 찾기 위해, 팥쥐와 함께 외나무다리로 가고, 그
다리 위에서 팥쥐가 연꽃을 꺾으려다 물에 빠져 죽는다는 서
사적 특징이 보인다.

>>> [자료] 7. 〈콩쥐팥쥐〉(『한국구비문학대계』 1-9, 460~466쪽.)

1. 콩쥐가 서모와 그 딸 팥쥐와 함께 사는데, 팥쥐 모녀가 콩
쥐를 못살게 굴었다.

2. 계모가 콩쥐에게는 막대기 호미로, 팥쥐에게는 쇠 호미로

밭을 매게 한다.

3. 우는 콩쥐에게 검은 황소가 하늘에서 내려와 밭을 다 매어
   주고, 약과를 치마 가득 준다. 콩쥐에게 집 문을 안 열어주
   자 콩쥐가 약과를 문틈으로 주고 들어간다.

4. 외갓집 잔치에 가면서 계모가 팥쥐는 데리고 가고, 콩쥐
   에게는 조 석 섬 찧기, 벼 석 삼 찧기, 밑 빠진 독에 물 붓기,
   밑 빠진 솥에 밥하기 등을 해 놓고 오라고 한다.

5. 두꺼비가 밑 빠진 솥에 엎드려 콩쥐가 밥을 할 수 있게 해
   주고, 구렁이는 밑 빠진 독을 막아 물을 채우게 해 주고, 새
   들, 까치가 날아와 조와 벼를 찧어준다. 하늘에서 황소가
   내려와 옷과 신, 가마, 하인을 준다.

6. 콩쥐가 잔치에 가다가 신발 한 짝을 떨어뜨리고, 선비가
   그 신 한 짝을 줍는다.

7. 선비가 신발 주인을 찾으러 와서 팥쥐가 신을 신어 보지만 맞
   지 않고 콩쥐에게 꼭 맞자, 선비가 콩쥐에게 장가든다.

8. 선비가 어디 가면서 콩쥐에게 목욕하지 말라고 하지만,
   팥쥐가 콩쥐에게 목욕하자고 하여 연못에 콩쥐를 밀어 넣
   어 죽인 후 콩쥐 행세한다.

9. 콩쥐가 죽은 후에 꽃이 되는데, 꽃이 선비를 보고 반응하
   자 문 위에 꽂아 둔다. 그 꽃이 팥쥐를 쥐어뜯자, 팥쥐가 아
   궁이에 넣어 태운다.

10. 이웃집 노인이 아궁이에서 꽃이 타서 생긴 구슬을 발견하

고 집에 가져다 두었는데 구슬이 예쁜 색시로 변하여 선비를 불러 밥을 해먹여야 한다고 한다.

11. 선비의 젓가락을 짝짝이로 두어, 선비가 사실을 알게 하고, 원수를 갚아야 한다고 한다.

12. 선비는 팥쥐를 죽이고, 그 고기를 계모에게 먹이는데, 눈이 먼 팥쥐 어미가 자신의 딸이 고기였다는 것을 알고 데굴데굴 구르다 죽고, 콩쥐는 선비와 잘 산다.

[자료] 7의 대체적인 서사 내용은 고전소설 <콩쥐팥쥐전>과 유사하다. 차이점이 있다면, 콩쥐에게 맨 처음 주어지는 밭매기 과제 후 암소가 주는 것이 약과이고, 이 약과를 이용하여 콩쥐가 겨우 집안으로 들어간다는 것, 그리고 콩쥐와 혼인하는 남성이 감사가 아니라 선비라는 것 등이다.

》》 [자료] 8. 〈팥조시와 계모〉(『한국구비문학대계』 7-6, 196~199쪽.)

1. 옛날에 팥조시라는 딸을 낳고 어머니가 죽자, 계모가 자신이 낳은 딸 콩조시를 데리고 들어와 산다.

2. 계모는 매우 무서운 사람이었는데, 동지섣달에 계모가 팥조시에게 참나물을 구해오라고 한다. 참나물을 못 구한 팥조시가 친모 무덤에 가서 울다 잠이 들었는데, 꿈에 친모가 현몽하여 참나물이 있는 곳과 거기 가는 법을 알려

준다.

3. 친모가 알려준 곳에 팥조시가 가자 거기에 선비가 있어 만나고 참나물을 구해 돌아온다.

4. 계모가 참나물을 다시 구하게 하고 팥조시 뒤를 밟는다.

5. 팥조시에게는 베를 짜게 하고 계모와 콩조시가 그곳에 가서 선비를 죽인다. 그후 팥조시에게 다시 참나물을 구해오게 한다.

6. 팥조시는 문이 안 열리자 다른 방법으로 들어가서 선비가 죽어 있는 것을 보고 엎드려 운다. 친모가 현몽하여 선비를 살리는 법을 알려준다.

7. 팥조시는 선비를 다시 살리고, 집에 돌아가지 않고 그곳에서 같이 잘 산다.

[자료] 8은 주인공 이름에 독특성이 있다. 계모 박대를 받는 딸이 팥조시, 계모가 낳은 딸이 콩조시로, 일반적인 <콩쥐팥쥐> 이야기의 주인공 이름과 다르고, 콩과 팥이 뒤바뀌어 있는 형국이다. 그리고 계모가 주인공 팥조시(콩쥐)에게 부여하는 과제가 집안일이나 밭매기가 아니라 한겨울에 참나물을 구하는 것이라는 점이다. 한겨울에 있을 리가 없는 참나물을 꿈에 친모가 나타나서 구하는 법을 알려주고, 그 참나물 덕분에 선비를 만나게 된다. 여기서 흥미로운 점은 꿈에 팥조시에게 어머니가 알려준 돌 대문 여는 법이 "열려라, 참깨"

와 같은 주문이라는 것이다.

> "복아, 복아, 양산복아. 수양대 내 왔네. 문이나 좀 열어주소."
> 크이, 큰 돌 대문이가 덜크덩 열리그덩, 그래 그 안에 드가
> 이 아주 일등 선비가 하나 있는데, 보이 참 없는 게 없이 다 있
> 어. [청중 : 참나물도 있고?] 참나물도 있고. 온갖 거 다 있는데.
> 그래 인지 거 참나물 한 보재기 해가주고 집으로 왔다.

위에서 보듯, 계모가 부여한 한겨울에 참나물 구하기는 신
비한 돌 대문을 열고 들어가 해결하게 된다. 그곳은 참나물뿐
만 아니라 팥조시와 인연을 맺을 총각도 있는 피난처와 같은
공간이다. 문제는 이 일에 대해 계모와 콩조시(팥쥐)가 의문을
품고 뒤따라가서, 선비가 있는 곳을 알게 되었다는 것이다.
그 때문에 선비는 계모와 콩조시에게 죽임을 당한다. 그렇지
만, 또다시 친모가 꿈에 나타나 선비를 살리는 법을 알려주
어, 마침내 팥조시가 선비와 같이 산다는 결말을 보인다.

이렇게 이 자료에서는 콩과 팥이 뒤바뀌어 나타나고, 다른
이야기에서 흔히 나타나는 신발 모티프가 없다. 그리고 다른
이야기에서는 콩쥐를 팥쥐가 죽이는데 반해, 이 자료에서는
팥쥐 역할을 하는 계모 딸 콩조시가 계모와 함께 선비를 죽인
다는 점이 특이하다.

1. 콩남이 어머니는 계모이고, 팥남이는 계모가 데려온 딸이었다.

2. 계모가 콩남이와 팥남이에게 밥을 얻어오라고 하는데, 팥남이가 가면 주걱으로 때리고, 콩남이가 가면 밥을 많이 주었다.

3. 계모는 콩남이에게만 새를 보게 한다.

4. 콩남이에게 새를 보게 하면서, 삼도 삼으라 하여 힘들어하니 검은 암소가 나타나 삼을 삼는다. 어머니가 암소가 되어 콩남이에 나타나 삼을 암소 입에 넣으라고 하자 엉덩이로 삼이 나온다.

5. 하루는 계모가 팥남이를 새 보러 보내고, 삼을 삼게 했는데 검은 암소가 나타난다. 암소는 팥남이에게 입을 열게 하고 똥물을 쏟아 낸다.

6. 콩남이는 좋은 신랑을 만나 잘 산다. 계모는 악행을 저지르다 망했다.

　　[자료] 10도 주인공 이름이 콩남이와 팥남이로, 흔히 <콩쥐팥쥐> 이야기로 전해지는 주인공 이름과 차별적이다. 그렇지만, 그 핵심적 내용 즉 계모가 의붓딸을 박해한다는 구도는 동일하다. 다른 <콩쥐팥쥐> 이야기와 서사적으로 다른 점

은 콩쥐 역할인 콩남이가 남성과 만나는 과정이나 잔치집 사
건이 없으며, 콩남이 죽음에 이르지도 않는다. 대신 팥쥐 역
할인 팥남이가 암소에게 똥물을 받아 먹게 하여 징치하고, 콩
남이는 결혼하여 잘 사는 결말을 보이고 있다.

1. 조선 중엽 시절에 전라도 전주 서문 밖에 사는 퇴리 최만
   춘은 혼인한 지 20여년에도 슬하에 혈육이 없어 근심하였
   는데, 부부가 태몽 후 딸 하나를 얻어 이름을 콩쥐라 하여
   사랑하였다.

2. 콩쥐가 태어난 지 백일 만에 모친이 세상을 떠나고, 콩쥐
   가 14세 때 부친이 배씨라는 과부를 얻어 배씨와 그 딸 팥
   쥐가 들어와 살게 된다.

3. 계모 모녀가 콩쥐를 구박했는데, 어느 날 팥쥐에게는 쇠
   호미로 모래밭을, 콩쥐에게는 나무 호미로 자갈밭을 매게
   한다.

---

15) 고전소설 <콩쥐팥쥐전>은 활자본으로 현전하며, 1919년 간행된
   대창서원본, 1928년 간행 태화서관본, 1954년 간행 공동문화사본
   등이 있다. 이들 활자본 간의 서사적 편차는 별로 크지 않아 서사 전
   개가 거의 유사하다고 할 수 있다. 소설 <콩쥐팥쥐전>의 다양한 자
   료는 '성기수 엮음, 『콩쥐팥쥐전 전집』, 글솟대, 2019.'에서 확인할
   수 있다.

4. 콩쥐가 어쩔 줄을 모르고 울고 있는데, 검은 소가 내려와 콩쥐에게 얼굴을 씻고 오라 하여 다녀오니, 검은 소가 좋은 호미와 과일을 준다.

5. 이후 새로운 고생이 끊임없이 닥치는데, 하루는 계모가 콩쥐에게 구멍 난 독에 물을 채우라고 했다. 두꺼비가 몸으로 구멍을 막아 물을 채운다.

6. 외갓집 잔치에 계모가 팥쥐를 데리고 가면서, 콩쥐에게는 베 짜기와 쌀 찧기를 하고 오도록 한다.

7. 선녀와 새 떼가 나타나 문제를 해결해 준다.

8. 콩쥐는 외가에 가던 중 감사의 행차를 피하다가 놀라 신 한 짝을 물에 빠뜨린다.

9. 감사는 이상한 서기를 발견하여 신발을 건지고, 이 신을 잃어버린 사람을 찾아 각처로 사람을 보낸다.

10. 외가에서 계모가 신발 잃은 사람인 척하다가 발에 맞지 않아 부끄러움을 당하고, 콩쥐가 신발의 주인임이 알려지고, 부인을 잃은 감사가 콩쥐와 혼인하게 된다.

11. 콩쥐를 미워하던 계모와 팥쥐가 감사가 없는 사이에 찾아온다. 팥쥐가 콩쥐에게 목욕하자고 꾀어 연못에 콩쥐를 밀어 넣어 죽게 하고, 콩쥐의 옷을 입고는 콩쥐인 척한다.

12. 콩쥐는 연꽃으로 환생했는데, 감사가 그 연꽃을 방에 두자, 연꽃이 팥쥐의 머리채를 쥐어뜯는다.

13. 팥쥐가 그 연꽃을 아궁이에 태우자, 연꽃은 오색 구슬로

 가족 갈등 서사의 상호문화적 이해

변하고, 불씨를 얻으려 온 노파가 그 구슬을 가지고 가 반닫이 속에 감추어 둔다.

14. 반닫이 속에 구슬로 있던 콩쥐가 노파에게 나타나 전후 사정을 이야기하고, 잔치를 베풀어 감사를 초대하도록 한다.

15. 노파 집에 와서 젓가락 짝이 맞지 않는다고 질책하는 감사에게 콩쥐가 나타나 사연을 이야기한다.

16. 감사가 연못에서 콩쥐 시체를 건져 내니 다시 살아난다.

17. 감사는 팥쥐를 하옥했다가 수레에 매어 찢어 죽이고 그 송장으로 젓을 담아 항아리 속에 넣어 팥쥐의 어미에게 전한다.

18. 최만춘을 버리고 다른 서방을 얻어 살던 팥쥐 어미는 항아리에 든 젓갈이 죽은 팥쥐로 담은 것이라는 것을 알고 기절하여 죽는다.

19. 콩쥐는 감사와 아들딸 낳고 화락하고, 콩쥐 아버지 최만춘도 다시 결혼한다.

권순긍[16]은 설화 자료 7종과 소설 <콩쥐팥쥐전>을 8가지 화소[17]를 기준으로 비교 분석하여, 콩쥐팥쥐 이야기의 가장

---

16) 권순긍, 위의 글.
17) 권순긍이 선정한 8가지 화소는 다음과 같다.
   1. 하늘에서 내려온 소가 항문에서 음식을 꺼내 준다.
   2. 암소가 삼을 삼아 준다.
   3. 팥쥐와 베 짜기 내기를 한다.
   4. 암소가 옷과 신발을 마련해 준다.

기본이 되는 구조는 계모의 의붓딸 콩쥐 박해담이고, 여기에
여러 가지 사건들이 과제로 구체화된 것임을 밝혔다. 그리고
콩쥐의 혼인 이야기가 없는 설화가 <콩쥐팥쥐전>의 가장 이
른 모습일 것으로 보고,[18] 콩쥐팥쥐 이야기의 원형적 모습을
"계모와 팥쥐의 박해 - 하늘의 도움 - 귀인과의 결혼 - 살해 -
변신 - 복수"가 근간이 되는 것이라 하였다.[19]

일반적인 고전소설의 형성 과정을 설화에서 소설로 이루
어진다고 볼 때, <콩쥐팥쥐> 설화는 고전소설 <콩쥐팥쥐전>
의 형성 기반이 되었거나, 고전소설 <콩쥐팥쥐전>을 다시 설
화로 구연한 자료라 할 수 있다. 그렇다면, 고전소설 <콩쥐팥
쥐전>을 기준으로 특정 화소의 유무 혹은 변개를 확인함으
로써 콩쥐팥쥐 이야기의 양상을 전반적으로 살펴볼 수 있을
것이다. 고전소설 <콩쥐팥쥐전>의 형성 기반이 된 것이 <콩
쥐팥쥐> 이야기이므로, 설화 각편의 서사는 형성 시기나 단
계에 따라 차이가 있는 것이다.

사실 고전소설 <콩쥐팥쥐전>의 경우, 서사 내용의 측면에

---

   5. 잃어버린 신발로 귀인과 결혼한다.
   6. 팥쥐가 오면 절대로 문을 열어주지 마라.(금기)
   7. 콩쥐가 변신하여 옆집 할머니에게 나타나다.
   8. 팥쥐와 계모의 최후
18) 이는 오윤선의 견해와 같은 것으로, 오윤선도 콩쥐의 혼인 이야기
   가 없는 계모 이야기로 구성된 콩쥐팥쥐 이야기가 <콩쥐팥쥐전>
   의 이른 모습임을 언급하였다(오윤선, 위의 글.).
19) 권순긍, 위의 글.

서 설화와 크게 변별되지 않고, 소설적 구조의 측면이나 인물 형상화의 측면 등에서 소설적 형상화가 충분하지 않아 보이는 특성이 있다. 이러한 <콩쥐팥쥐전>의 특징 때문인지, 기존 연구가 상대적으로 풍부하지 못하고, 충분한 논의가 이루어지지 못한 감이 있다. 이는 일군을 이루는 <콩쥐팥쥐> 설화 자체도 비교적 단순하면서 유사하여 부분적 차이를 보인다는 점[20]과도 관련이 있다.

---

20) 이는 이윤경이
    "동일한 서사를 지닌 것들이 보다 설화로서 많이 향유되기도 하고, 설화보다는 소설의 형태로 많이 향유되었다는 차이가 있을 뿐이다. <콩쥐팥쥐>는 다른 계모설화에 비해 각편 수가 풍부하고 소설과 유사한 각편이 대부분이다."
    라고 한 것과 관련 있다(이윤경, 「계모형 고소설 연구 : 계모설화와의 관련성을 중심으로」, 성신여자.대학교 대학원 박사학위 논문, 2004.).

● 〈콩쥐팥쥐전〉의 가족 갈등 양상과 해결

이제 〈콩쥐팥쥐전〉에서 나타나는 가족 갈등의 양상과 해결 방식을 살펴보기 위해 가족 갈등이 발현되는 서술이나 사건, 해결 과정과 결말 등을 분석해 보기로 한다. 여기서는 고전소설 〈콩쥐팥쥐전〉을 중심으로 분석하되, 필요에 따라 설화 자료를 함께 보도록 하겠다.

》 가족 갈등의 발현 양상

》》 아버지의 무심함

설화 〈콩쥐팥쥐〉에 비해 고전소설 〈콩쥐팥쥐전〉에서는 아버지에 대한 서술이 구체화되어 있다. 〈콩쥐팥쥐전〉에서 콩쥐의 아버지는 최만춘이라는 퇴직 관리로, 기도와 불공, 적선으로 어렵사리 콩쥐를 얻었지만 콩쥐 출생 백일 만에 부인 조씨와 사별한다. 그러다가 배씨라는 과부와 재혼하자 그간의 외로움과 자식 키우기의 어려움에서 벗어나 즐겁게 지낸다. 문제는 최만춘이 더 이상 콩쥐에 대해 특별히 신경 쓰지 않았다는 것이다.

> (가) 콩쥐가 열네 살 되던 해에 최만춘이 비씨라 ᄒᆞᄂᆞᆫ 과부를 엇어 속현ᄒᆞ니, …(중략)… 뎌러ᄒᆞᆫ 스름이 들어오기는 우리

집안 힝운니오 콩쥐도 이졔부터는 얼마큼 의뢰도 되며 빈호기도 흐리라 흐야 심히 그 빈씨를 스랑흐며 가간딕소사를 모다 맛기여 살림을 잡게 흐고 집안 닐리 엇지 되여감을 젼연히 모르니 이찌붓터 콩쥐의 신세는 은연흔 고싱이 시로 싱기며 설음이 아니면 날을 보닉지 못흘 쳐지에 이르럿더라(태화서관본 <콩쥐팥쥐전>)

(나) 그 모녀의 소곤소곤흠이 싲치면 콩쥐의 몸에는 참혹흔 경샹이 자조 이르딕 그 부친은 흔번 빈씨를 눈에 들게 싱각흔 이후로 더욱 미혹흠이 쪽이 업셔지며 빈씨의 말리라면 팟으로 메조를 쑨딕도 고지를 들을만흐게 되여 무죄흔 콩쥐를 오히려 구박흐더라(태화서관본 <콩쥐팥쥐전>)

(다) 그러게 작은 마누라를 얻으면 아버이는 몰라유. 배깥에서 돌기 때문이 그렇게 어머이가 딸을 심하게 해두 몰른다구. 그러면서 그러더래유.([자료] 2. <콩쥐팥쥐>)

(라) 아이고, 나는 어머니도 없고, 아버지도 없고 [T.V.를 가리키며] 그래 이 여기선 아버지가 있데. 아버지두 없고, 이렇게 사는데([자료] 7. <콩쥐팥쥐>)

(가)에서 보듯이 콩쥐 아버지 최만춘은 콩쥐가 14세 될 때까지 홀로 살다가 배씨라는 과부와 재혼한다. 문제는 최만춘이 배씨를 사랑하고 집안의 대소사를 모두 배씨에게 맡김으로써 집안일이 어찌 되어 가는지 "전혀" 알지 못했다는 것이

다. 그래서 자연히 콩쥐의 신세는 "고생"이고 "설움"만 가득한 처지가 된다.

(나)에서 알 수 있는 아버지의 모습 역시 배씨와의 재혼 후에는 콩쥐에 대해 별로 관심을 갖지 않았다는 것이다. 콩쥐가 계모와 팥쥐로 인해 몸에 참혹한 형상이 있어도 최만춘은 전혀 알지 못했고, 배씨의 말을 전적으로 믿었기 때문에 죄 없는 콩쥐를 오히려 구박했다고 서술하고 있다. 이러한 콩쥐 아버지 최만춘의 모습은 배씨에게 미혹되어 콩쥐의 상황을 전혀 파악하지 않고, 무시했음을 말해준다.

(다)와 (라)의 설화 자료에서도 소설과 마찬가지로 아버지가 무심하다는 평가를 발견할 수 있다. (다)에서는 작은 마누라를 얻으면 아버지는 모르게 되어 있고, 주로 바깥에서 보내기 때문에 계모가 딸을 심하게 구박해도 모른다고 한다. (라)는 콩쥐가 계모에게서 자신의 힘으로 해낼 수 없는 과제를 받고 울면서 하는 말의 일부인데, 여기에서 콩쥐는 스스로 아버지도, 어머니도 없는 고아와 같은 처지로 느낀다는 것을 알 수 있다. 이는 새로 생긴 어머니에게서는 구박을 받고, 친어머니는 돌아가셨으며, 아버지가 있어도 없는 것이나 마찬가지라는 콩쥐의 처지를 말해주고 있다.

≫≫ 계모와 팥쥐의 악함과 미움

<콩쥐팥쥐전>에서 가족 갈등을 일으키는 주체는 최만춘

이 재혼한 부인인, 콩쥐의 계모와 팥쥐이다. 팥쥐와 콩쥐의 관계로 보면, 형제 갈등으로 볼 여지도 있고, 계모가 콩쥐의 우위에서 콩쥐와 갈등하는 주체이므로 계모와 콩쥐의 갈등을 중심으로 볼 수 있다. 팥쥐의 경우 무엇보다 계모와 하나가 되어 콩쥐의 구박에 앞장서는 인물이고, 경우에 따라 콩쥐와 같은 과제를 부여받아 경쟁하는 입장이기 때문이다. 계모와 팥쥐가 콩쥐를 갈등 대상으로 삼는 이유가 무엇보다 악한 천성에 있다는 것이 특징적이다. 콩쥐가 계모와 팥쥐에게 어떤 행동을 한 것도 아닌데 계모와 팥쥐는 미워하기도 하고 질투하여 콩쥐와 갈등 관계를 형성한다. 계모와 팥쥐의 성격을 다음 인용문을 통해 확인하도록 한다.

(가) 비씨는 인물도 과히 츄루치 아니ᄒ고 가스도 정제홀 만흔듯흠으로 …(중략)… 텬셩이 요악간특ᄒ고 그 더림 쓸 팟쥐 역시 ᄆ음이 온냥치 못ᄒ며 얼골조ᄎ 슌후치 못흔 인물니 요악ᄒ기ᄂ 쪽이 업ᄂ 그 어미보다도 흔층 더ᄒ야 무단흔 모함으로 고ᄌ질리 일슈이며 콩쥐의 못되ᄂ 것은 져의 잘 되ᄂ 것보다 상쾌ᄒ게 싱각ᄒ야(태화서관본 <콩쥐팥쥐전>)

(나) 비씨는 ᄌ초 제가 몬져 잘 되여 굴 싱각으로 관ᄎ를 속이여 제가 일허버린 신이라 ᄒ고 콩쥐의 복을 아스려 ᄒ다가 관ᄎ에게 무안을 당ᄒ고 그후로ᄂ 콩쥐를 뮈워ᄒᄂ 마음이 더욱 심ᄒ야지ᄂ듸 팟쥐조ᄎ 싀암이 복발ᄒ야 콩쥐 조년이 지금

은 조러케 고흔 의복에 든장을 ᄒ고셔 감수의 부인이 되여가지만은 네가 내 숌씨에는 응뎅이를 버리고 안져셔 평안ᄒ게 호강은 못ᄒ리라 니를 복복 굴고 벼르다가(태화서관본 <콩쥐팥쥐전>)

(다) 팟쥐는 깁흔 곳에 이르러 별안간 콩쥐를 밀쳐너흐니 가련ᄒ다 콩쥐는 쯧밧게 엇지ᄒ지 못ᄒ고 참혹ᄒ게 그 물속에 쌔져 련못 귀신니 되엿더라 간특ᄒ고 요악흔 팟쥐는 콩쥐가 물쇽으로 들어가고 물거품만 두어번 풍풍 소사올나옴을 눈으로 보고야 ᄆ음이 쾌ᄒ야 그만ᄒ면 나의 경륜이 ᄆ음디로 되는 것을 헛되이 오릭도록 근심ᄒ얏다 ᄒ고 희싁이 만면ᄒ야 못밧그로 나와셔는 콩쥐의 의복을 제가 쥬어 입고(태화서관본 <콩쥐팥쥐전>)

위에서 인용한 부분은 고전소설 <콩쥐팥쥐전>에서 서술하고 있는 계모와 팥쥐의 악함과 콩쥐에 대한 감정을 잘 보여준다. (가)에서 계모 배씨의 형상은 그렇게 추하지 않고 행실도 그럴듯하다고 그려진다. 그래서인지 콩쥐의 아버지 최만춘은 배씨에게 혹하여 배씨의 말을 있는 그대로 믿는다. 그렇지만, 외모의 그럴듯함과 달리 계모는 "천성이 요악하고 간특"한 심성의 소유자였다. 팥쥐는 계모보다 한층 더하다고 하여, 콩쥐에 대한 나쁜 감정이 크고, 그 행위도 나쁨을 말해준다. 그것은 "콩쥐가 못되는 것이 자신이 잘 되는 것보다 상쾌하다고 생각"하는 것이다.

(나)에서는 콩쥐가 잃어버린 신발로 인해 감사와 결혼하게
된 것에 대해 자신의 거짓이 들통난 부끄러움에 더하여 자신
이 더 잘되지 못한 것을 속상해하여 콩쥐를 더욱 심하게 미워
하였다고 서술한다. 그래서 배씨는 콩쥐에게 "평안하게 호
강은 못할 것이다. 하며 이를 박박 갈고 벼르는" 지경까지
간다.

(다)는 팥쥐가 콩쥐에게 목욕하자고 하고서는 콩쥐를 연
못에 밀쳐 넣어 죽게 한 장면이다. 그런데 놀라운 것은, 이러
한 팥쥐의 살해 행위 자체도 악한데, 팥쥐는 콩쥐를 죽인 뒤
콩쥐의 죽음을 확인하고서야 "마음이 쾌하다", "희색이 만면
하여"라고 표현하여 진실로 극악함을 보여준다. 팥쥐의 콩
쥐 살해는 우연한 것이 아니며 철저히 오랫동안 계획한 것으
로, 범죄의 정도가 매우 무겁다고 할 만하다.

계모와 팥쥐의 악함에 대한 평가는 설화 자료에서도 잘 나
타난다. [자료] 14에서는 계모가 자신이 데리고 온 딸 팥쥐만
예뻐하고, 전실 딸인 콩쥐는 몹시 미워했다고 서술한다. 그
리고 계모가 남편한테 팥쥐는 부지런하고 일을 잘 하지만,
콩쥐는 게으르고 일도 못한다고 고자질했다고 한다. 이는 계
모의 콩쥐에 대한 미움과 거짓말을 예사로 하는 악함을 드러
낸다.[21] 그런가 하면 [자료] 8에서는 계모가 무서웠다고 했으
며, [자료] 7에서는 계모가 콩쥐를 서방질한다 하며 나쁜 소

리를 하고, 팥쥐는 콩쥐를 시샘했다고 한다.

이렇게 <콩쥐팥쥐> 이야기나 고전소설 <콩쥐팥쥐전>에서 계모와 팥쥐의 성격은 악하고 미움이 많은 사람, 거짓말로 콩쥐를 나쁘게 만들고, 시샘하는 사람으로 형상화하고 있다. 근본적으로 악하기 때문에 의붓딸인 콩쥐를 괴롭히며 즐거워하는 사람으로 평가하고 있는 것이다.

〉〉〉 콩쥐의 착함과 인내

<콩쥐팥쥐> 이야기나 <콩쥐팥쥐전>에서 콩쥐라는 인물의 성격은 선이나 악과 같은 심성의 문제보다는 계모와 팥쥐에 의해 촉발된 행위에 의해 부각되는 특성이 있다.

> (가) 셰월이 어언간 콩쥐의 나히 십여 셰에 이르미 고싱은 오히려 호강으로 변ᄒᆞ야 그 ᄯᆞᆯ의 손으로 지은 밥을 먹고 그 ᄯᆞᆯ의 손으로 지은 의복을 닙게 ᄒᆞᄂᆞᆫ딕 원릭 콩쥐ᄂᆞᆫ 텬셩이 지효ᄒᆞ고 지질리 비범ᄒᆞ야 어려셔 빅혼 것은 업슬지라도 잠시를 놀지 아니ᄒᆞ며 그 부친을 봉양ᄒᆞ기의 효도를 다 홈으로 동리

---

21) 이를 보여주는 장면은 다음을 들 수 있다.
"이 후처는 지가 데리고 온 딸 팥쥐만 이뻐허고 전실딸 콩쥐를 몹시 미워했다. 팥쥐헌티는 쉽고 깨끗헌 일만 시키고 콩쥐헌티는 심들고 어렵고 궂인 일만 시키고 남편헌티 팥쥐는 부지런허고 일을 잘 허넌디 콩쥐는 게으르고 일도 못 헌다고 고자질했다."(<콩쥐팥쥐>(임석재,『한국구전설화』7, 평민사, 1993.)

스룸까지 칭찬 아니ᄒ난 지 업고 그 부친도 심히 스랑ᄒ기를
마지 아니ᄒᄂᆫ 터이나 츳ᄌ 나히는 만아지고 시집 갈 씩ᄂᆫ 불
원ᄒ니 장릭의 살림은 말 못될 형편이라(태화서관본 <콩쥐팥쥐
전>)

(나) 호미ᄂᆫ 밧 ᄒᆫ 도랑을 믹여 나가지 못ᄒ야 목이 부러져
ᄇ리니 심악ᄒᆫ 게모의 손에 긔를 펴지 못ᄒᄂᆫ 콩쥐의 마음이
야 엇더ᄒ다 ᄒ리요 집에 도라가면 호미 부지른 것도 죄목이
될 것이오 김 얼마 못 믹인 것도 져녁은 두슈업시 굴물 됴건니
라 어리고 젹은 마음에 이 일을 엇지 ᄒ면 됴흘가 ᄒ고 텬디 아
득ᄒ야 아모리 홀 쥴 모르고 울기만 ᄒᄂᆫ 즁(태화서관본 <콩쥐
팥쥐전>)

(가)에서 보이는 콩쥐의 모습은 엄마 없이 자랐지만 10여
세 되었을 때부터는 아버지를 지극 정성으로 봉양하는 것이
다. 밥하고 의복 지어 아버지를 봉양하는 것에 대해 콩쥐는
"원래 천성이 지효하고 재질이 비범하다."고 한다. 콩쥐가
비록 배운 것이 없을지라도 잠시도 놀지 않는 부지런한 사람
이며 효성이 지극하여 동네 사람들도 모두 칭찬한다고 한다.
이로 볼 때, 계모나 팥쥐에 대해서는 '요악하다'든지 '간특하
다'는 등의 악함에 대한 서술이 있는 반면, 콩쥐에 대해서는
직접적으로 착하다는 서술은 없이 효성과 부지런함이라는
재질로서 좋은 사람임을 드러낸다.

그런데 이러한 효녀 콩쥐는 아버지의 재혼 이후 계모에게서 박대를 받는다. (나)에서는 콩쥐가 계모의 구박에 어떠한 태도를 취하는지 잘 보여준다. 계모가 콩쥐에게 나무호미를 주고 자갈밭을 매라고 하자 열심히 하려 하지만, 금방 목이 부러져 버리고, 콩쥐는 걱정과 속상함으로 울기만 한다.

계모가 부여하는 힘들고 어려운 일에 대해 콩쥐는 저항하거나 피하지 않고 순순히 받아들인다. 그리고 최선을 다해 열심히 하려 한다. 그렇지만 해낼 수 없는 일이기에 그런 어려운 순간이 닥치자 울음을 터뜨리는 것이다. 콩쥐의 이러한 태도는 콩쥐의 심성이 착하며, 콩쥐가 주어진 일을 순종적으로 열심히 해내려는 의지를 가졌고, 어려움을 견디는 인내를 지녔음을 말해준다. 이는 다음의 장면에서 확실히 드러난다.

흔 기도 먹어보지 아니흐고 밧은 치로 가지고 왓던 그 됴흔 과실을 어언간 팟쥐의게 송도리치 쎅앗긴 빅 되엿더라 …(중략)… 이쩌싯지 흔 것이 무엇이며 쏘 과실은 어듸셔 낫단 말이냐 밧두락에 죵일 히를 보늬슬늬쓸 리도 업고 이러흔 과실이 촌구셕에 어듸셔 낫단 말리냐 이것이 분명 불공에 쓸 과실 갓흔듸 뎌년이 명녕홍셩흐야가는 아모 절 즁놈에게 엇은 것이지 그러치 아니면 네 이것시 어듸셔 낫단 말이냐 게집익년이 된 치로도 아니잇고 나히 열댓살 갓가워 오닛가 발셔붓터 김믹라듣 님네 흐고 지나가는 힝인을 홀여 먹는단 말이냐 나만 아는 게

 가족 갈등 서사의 상호문화적 이해

야 관게 잇느냐만은 이런 일을 만일 너의 아바지게서 알으셔
보아라 큰 일이 나지 아닐가 이이 팟쥐야 이것을 얼는 먹어바
리고 아바지 눈에 쓰히지 말게 ᄒ여라 눈에만 씌는 날이면 언
니년은 죽는 날이다 언니는 실컨 먹엇슬 것이니 고만두고 너
나 얼는 먹어라 ᄒ며 모녜 마조 안져 과실이란 과실은 져의끼
리 먹어바리고 콩쥐는 밥도 쥬지 아니ᄒ되 콩쥐가 다시 무엇
이라고 긔구ᄒᆯ 슈도 업고 익민ᄒᆫ 소리 듯는 것만 억울ᄒ야 곱
흔비를 졸나 가면셔 아모소리도 못ᄒ고 그 밤을 지내고 다시
다른 날을 보닐 적에

　위의 부분은 콩쥐가 밭을 못 매고 울고 있자 검은 소가 내
려와 밭일을 다 해 주고, 과일도 한가득 주었는데, 그 과일을
집에 가져왔다가 되려 봉변만 당하는 장면이다.[22] 콩쥐는 검
은 소에게 받은 과일을 하나도 먹지 않고 그대로 가져왔지만,
가져온 것을 송두리째 팥쥐에게 빼앗긴다. 뿐만 아니라 계모

[22]　[자료] 2에서도 다른 남자를 유혹하여 일을 다 한 것으로 오해한다.
　　"저년이 그짓말하는 거지?"
　　팥쥐는 그라구, 즈 엄마는,
　　"저년이 어떤 놈이 갈아 준거지 뭐."
　　그래더래유. 그래서 가보니까 멀쩡 갈아 났더래유.
　　"저년이 누구더러 갈아 달래구서는 저 과일 사 준 것 봐."
　　…(중략)…
　　"저년이 저 콩쥐 저년 서방질해서 옷 얻어 입은 거 보라구 어떤 놈이
　　저걸 해줬나 보다?"

에게는 밭일을 다 했다는 칭찬은커녕 과일로 인해 해괴 망칙한 의혹까지 받게 된다. 과일에 대해 불공에 쓸 것을 어느 절 중에게 얻었다느니, 다 큰 처녀가 김매는 척하다 행인을 홀렸다느니 하는 모욕적이고 나쁜 말을 듣는 것이다. 그리고 콩쥐는 과일에 입도 못 대고 밥도 먹지 못한다.

이러한 상황에서 콩쥐의 태도를 살펴보면, 억울하지만 고픈 배를 쥐어틀며 참기만 한다. 아무 소리도 못하고 그냥 밤을 보내는 것이다. 이런 모습에서 콩쥐가 매우 양순한 성격으로 계모의 압제를 거부하거나 저항하지 않는 선한 인물임을 알 수 있다. 이는 아버지 최만춘을 지극한 효성으로 봉양했던 효녀의 모습과 연결되는 것으로, 비록 계모가 악하고 콩쥐를 박대하지만, 콩쥐는 부모에 대한 자식의 태도를 지키는 것이다. 그리고 콩쥐는 자신에게 부여된 억울한 과제나 노역을 감내하는 인내심을 보인다.

콩쥐의 착함과 인내하는 태도는 콩쥐가 감사와 결혼하여 행복한 생활을 하게 되었을 때도 여전히 유지된다. 팥쥐는 감사의 부인이 된 콩쥐를 질투하면서도 거짓 반성하는 체하는 말을 콩쥐는 순전하게 받아들이며 사이좋게 지내려 한다.

내가 전에는 철을 모로고 형심에게라도 응석처럼 흔 노릇
이 형님은 지금신지라도 엇더케 싱각흐시는지 모르거니와 나
는 각금각금 잘못흔 싱각이 쎄에 사모치며 그만흐면 시집을

 가족 갈등 서사의 상호문화적 이해

가셔 우리 형제가 써러져 잇슬 것을 엇지ᄒ야 그리ᄒ얏던가
ᄒᄂᆫ ᄆᆞᄋᆞᆷ이 진졍 금홀 슈 업ᄂᆞᆫ 썩가 입습듸다 그러트릭도 형
님은 그런 것을 속에다 품어두지 말고 다만 우리 형제가 범연
ᄒ게 지내지 맘시다 ᄒ며 빅반간교로 업ᄂᆞᆫ 졍이 잇ᄂᆫ 듯ᄒ게
ᄒ니 원릭 악의 업ᄂᆞᆫ 스람은 쇽기를 잘ᄒᄂᆫ 법이라 콩쥐는 그
말을 듯고 역시 감심이 되여

위에서 보듯이, 감사 부인이 된 콩쥐에게 팥쥐가 찾아와,
과거 자신의 일을 반성하는 체하며 형제로서 친하게 지내자
고 말하니 콩쥐가 받아들인다. 서술자는 이 장면에서 "악의
없는 사람은 속기를 잘한다."라고 설명하는데, 이는 어리석
다기보다는 다른 사람의 말을 잘 믿어준다는 의미로 보는 것
이 적절할 듯하다. 왜냐하면 이 앞부분의 서술에서 팥쥐가
얼마나 그럴듯하게 콩쥐에게 속죄하는지 자세하게 서술하고
있고, 이 부분에서도 팥쥐가 온갖 간교한 말로 콩쥐를 속이는
것을 설명하고 있기 때문이다. 그 결과 콩쥐는 마음이 움직여
팥쥐의 거짓말을 진실로 받아들이게 된다.

그렇다면, <콩쥐팥쥐전>에서 가족 갈등이 드러나는 양상
을 살펴보도록 하자. <콩쥐팥쥐전>에서 가족 갈등은 계모와
콩쥐, 팥쥐와 콩쥐, 계모와 팥쥐와 콩쥐 사이에서 일어난다.
콩쥐의 아버지는 계모에 대해 좋은 부인으로 인식하고 의존

하고 있을 뿐 아니라, 콩쥐의 고통을 전혀 인지하지 못하기 때문에 자신의 집안에서 일어나고 있는 갈등 관계 속에서 아무 역할도 하지 못한다.

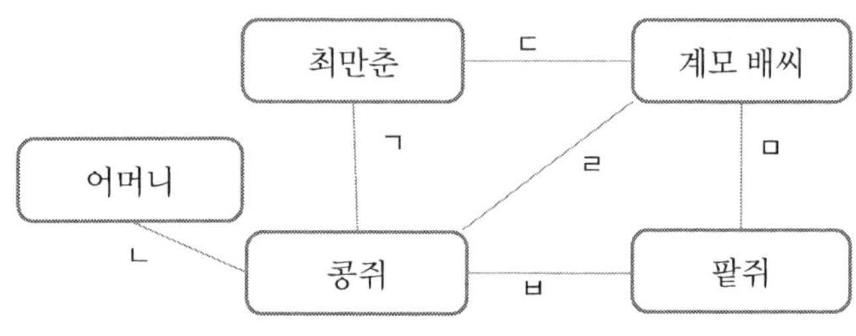

[그림1] <콩쥐팥쥐전>의 인물 관계

<콩쥐팥쥐전>에서 보여주는 가족 갈등의 양상을 파악하기 위해서는 가족 구성원 간의 관계－지지나 협력 관계, 적대 관계 등－를 살펴볼 필요가 있다. 갈등이 서사 전개에 따라 심화, 발전, 해소되는 과정에는 갈등 주체 간의 관계가 중요하게 작용하기 때문이다.

위의 그림에서 보듯, <콩쥐팥쥐전>에서 콩쥐는 계모인 배씨와 팥쥐 두 주체에게 동시에 갈등의 대상이 되는 어려운 상황이다. 게다가 콩쥐에게 조력할 수 있는 주체는 아버지 최만춘과 어머니밖에 없지만, 최만춘은 계모 배씨에게 집안일을 의존하고 있고, 콩쥐에게는 더 이상 어머니가 세상에 존재하지 않기 때문에 가정 내에서 콩쥐는 고립이라는 문제가 있

는 것이다. ㄱ~ㅂ의 관계에서 이를 확인할 수 있다. 콩쥐에게 협력적 관계는 ㄴ밖에 없는데, 현실적으로 존재하지 않는 관계이다.

그래서 <콩쥐팥쥐전>에 나타나는 가족 갈등의 핵심은 계모와 의붓딸 콩쥐, 팥쥐와 콩쥐 사이에서 일어난다. ㅁ으로 표시된 계모와 팥쥐는 거의 한 주체처럼 행동한다. 힘을 합해 콩쥐를 괴롭히고 하나인 듯 행동하는 특성이 있는데, 경우에 따라서는 콩쥐를 누가 더 심하게 괴롭히는지 경쟁하는 느낌도 있다. 계모와 팥쥐가 개별화되는 순간은 계모가 어떤 과제를 부여하고 콩쥐와 동등하게 과제를 부여받은 듯 행동하게 할 때이다. 계모와 팥쥐는 마치 한 몸을 이룬 듯 동일한 행동을 하다가, 콩쥐와 팥쥐를 대립시키는 행위를 할 때는 부모와 자식 관계로 분리된다.

이렇게 <콩쥐팥쥐전>에서 가족 갈등이 계모와 팥쥐가 집단을 이루어 콩쥐를 구박하는 것처럼 보이는 것은, 콩쥐의 어머니와 팥쥐의 어머니가 다르기도 하지만, 콩쥐의 아버지와 팥쥐의 아버지가 다르기 때문이기도 하다. 다시 말해 콩쥐와 팥쥐, 그리고 팥쥐 어머니는 한 가족이 되기는 하였지만, 그 한 가족 안에 두 가족이 함께 사는 구도가 된 것이다. 물론 <콩쥐팥쥐전>에서 팥쥐의 아버지는 등장하지 않고 콩쥐의 아버지도 언급은 되지만 어떤 행위를 하는 장면은 없다. 그럼에도 아버지의 존재는 암묵적으로 전제되어 있어[23], 콩쥐네 가족은 서로 다른 아버지와 어머니를 각각 갖고 있는 딸들이 대립하고, 의붓딸에 대해 계모가 대립각을 세우는 것으로 나타난다.

콩쥐네 가족의 이러한 대립 구도의 특징은 콩쥐와 팥쥐, 계모 간에 힘이 대등하지 않고, 팥쥐와 계모가 콩쥐보다 우월한 것이다. 그래서 콩쥐네 가족의 갈등은 팥쥐와 계모가 콩쥐를 구박하고 억압하는 일방향적으로 나타난다. 즉 계모와 팥쥐가 갈등을 유발하지만, 콩쥐는 그것에 맞서 대립하거나 경쟁하는 것이 아니라 순응한다. 그래서 <콩쥐팥쥐전>의 갈등 구도를 단순화하면, 계모와 팥쥐는 가해자, 콩쥐는 피해자가 된다.

콩쥐의 가정에서 일어나는 갈등이 콩쥐를 피해자로 만드는 과정은 콩쥐의 결혼 전과 결혼 후로 양상을 나누어 볼 수 있다. 우선 콩쥐가 혼인하기 전에 갈등이 발현되는 것은 계모의 박대 행위를 통해서이다. 그 억압의 방식은 계모가 계모딸 팥쥐와 의붓딸 콩쥐에게 불공평한 과제를 부여하는 것이다. 계모는 겉으로 공정하게 보이는 방식으로 콩쥐를 박대한다. 계모는 콩쥐에게 집안일과 관련된 가혹한 과제를 부여하고, 콩쥐 외가의 잔치라는 좋은 자리에 못 가게 하는 조건부

---

23) [자료]2와 같이 일부 설화에서 콩쥐의 아버지가 나타나는 경우도 있다. 그렇지만, 이 경우도 아버지가 등장하여 어떤 행위를 추동한다기보다는 콩쥐의 죽음을 확인하게 하는 정도의 역할을 한다.

과제를 걸고, 혼인하여 잘 사는 콩쥐를 죽음에 이르게 한다.

　다음은 계모가 맨 처음 콩쥐에게 어려운 일을 하도록 하며 내세운 논리이다.

> 빅씨가 두 쫄을 불너셰우고 닐너 왈 시골 사는 계집ᄋ희가 농ᄉ일을 몰나셔는 목구멍에 밥알리 들어가지 아니ᄒᆞᄂ니 콩쥐 너는 오늘붓터 벌 밧흐로 김민러 ᄃ녀라 팟쥐는 너보다 ᄒᆞᆫ 살이나 덜 먹고 아즉 어린 것이 김을 엇지 민겟ᄂ냐만은 그러타고 집에 잇스면 콩쥐붓터라도 제 ᄌ식만 ᄉᆞ랑ᄒᆞᆫ다 ᄒᆞᆯ 것이니 너도 오늘붓터 김을 민러ᄃᆞᆫ기라 ᄒᆞ고 팟쥐는 쇠호미를 쥬어 집 근쳐 모시 밧흘 민게 ᄒᆞ고 콩쥐는 나무호미를 쥬어 산빗탈 돌사닥밧을 민게 ᄒᆞ야 졈심도 조금 엇어 먹지 못ᄒᆞ고 호미는 밧 ᄒᆞᆫ 도랑을 민여 나가지 못ᄒᆞ야 목이 부러져 ᄇᆞ리니

　위 장면은 계모 배씨가 콩쥐에게 해내기 힘든 일을 부여하면서, 콩쥐가 일을 해야 하는 이유를 그럴듯하게 제시하며 표면적으로는 팥쥐와 동등하게 한 것처럼 말하는 부분이다. 계모 배씨는 콩쥐에게 시골에 사는 여자가 농사일을 배워야 함을 강조하면서, 팥쥐는 콩쥐보다 한 살 어리지만 자기 자식만 사랑한다는 말을 듣지 않기 위해 콩쥐와 팥쥐 모두에게 일을 시킨다고 한다. 그러면서 김매는 도구는 차별적으로, 팥쥐에게는 쇠 호미를, 콩쥐에게는 나무 호미를 주는 것이다.

계모는 다음 과제로 밑 빠진 독에 물 채우기라는, 콩쥐가 스스로의 힘으로는 해결할 수 없는 일을 부여한다. 이후 콩쥐 외갓집에서 잔치가 열린다고 콩쥐를 부르자, 계모와 팥쥐는 치장을 하고 먼저 떠나고, 콩쥐에게는 베 짜기, 쌀 겉피 벗기기 등을 다 하고 오도록 한다.[24]

이러한 계모의 과제 부여는 일차적으로 콩쥐의 일신을 수고롭게 하는 것이면서, 콩쥐가 집안에서 편히 지내게 하지 못하게 하는 것들이다. 그리고 이러한 괴롭힘은 계모와 팥쥐가 콩쥐를 갈등 대상으로 여기는 데에서 비롯되는 것이다. 계모와 팥쥐가 가진 콩쥐에 대한 미움은 콩쥐를 죽음에 이르게까지 한다. 이는 콩쥐가 잃어버린 신의 주인을 찾으러 관에서 나왔을 때, 계모가 나서서 자신이 잃어버린 신이라고 했다가 신발이 맞지 않는 부끄러움을 겪은 데다, 콩쥐가 감사의 부인이 되는 영화를 누리게 됨으로써 질투심에 사로잡혔기 때문이라 할 수 있다.

그런데, 콩쥐가 혼인 전에 계모와 팥쥐의 갈등 대상이었을 때와 콩쥐가 감사 부인이 된 후 계모와 팥쥐가 갈등을 표출하는 방식에 차이가 있다. 콩쥐가 혼인하기 전에는 계모와 팥쥐에게 일방적으로 구박을 당하는 처지로, 대결의 상대가 되

---

24) 설화 자료에서는 밭 매기가 아니라 나물 캐기가 과제로 나오기도 하고, 밑 빠진 독에 물 채우기와 함께 밑 빠진 솥에 밥하기 등이 추가되어 있기도 한다.

 가족 갈등 서사의 상호문화적 이해

지 않을 정도로 힘의 차이가 컸다. 그러다가 콩쥐가 혼인한 후에는 콩쥐를 대하는 계모와 팥쥐의 태도가 매우 비굴하면서 표리부동하다. 이는 콩쥐가 결혼한 남편, 즉 감사의 위력 덕분으로, 계모와 팥쥐는 감사 부인이 된 콩쥐한테는 콩쥐가 혼인하기 전 집에 있을 때처럼 함부로 대하지 못하는 것이다. 다른 한편으로는 콩쥐가 혼인하기 전 가정 내에서는 계모와 팥쥐가 전적으로 우월한 위치에 있었고, 콩쥐에게는 심지어 아버지조차도 도움이 되지 못했기 때문이라고도 할 수 있다.

 갈등의 해결 방식: 콩쥐의 죽음과 재생, 그리고 징치

<콩쥐팥쥐전>에서 가족 간 갈등의 해결은 갈등 주체에 따라 다른 방식으로 서사 전개에 따라 이루어진다. 앞서 <콩쥐팥쥐전>에서 가족 갈등이 발현되는 양상이 콩쥐의 혼인 전과 혼인 후로 달라짐을 살펴보았다. 콩쥐의 혼인 전에는 계모와 팥쥐가 협력하여 콩쥐를 박대하는 매우 억압적인 양상으로 갈등이 드러나다가 콩쥐의 혼인 후에는 겉으로는 친근한 척하면서 속으로 증오하고 질투하여 표면적으로 갈등을 드러내지 않는 것이다.

이는 콩쥐의 처지와 위치에 따라 갈등이 드러나는 양상이 다른 것으로 본질적으로 갈등의 주체와 대상이 달라진 것이 아니라 표출의 방식이 달라진 것이다. 즉, <콩쥐팥쥐전>에

서 가족 갈등은 계모와 의붓딸, 그리고 계모의 딸과 의붓딸의 구도로 전개되는데, 의붓딸 콩쥐의 위상이 마음껏 힘으로 누를 수 있는 것인가, 함부로 대할 수 없는 대상인가에 따라 달라진 것이다.

그렇다면 <콩쥐팥쥐전>에서 계모와 계모 딸 사이에서의 갈등은 어떻게 해결될 수 있는 것일까? 작품 내 서사로 보면, 계모와 팥쥐가 가진 갈등은 콩쥐의 죽음으로 해소되고 있다. 계모와 팥쥐는 콩쥐를 괴롭히는 행위 뒤에 상쾌하다든지 시원하다는 감정적 해소를 표현한다. 이는 콩쥐의 혼인 전 갈등의 양상이 콩쥐가 일방적으로 구박을 받는 방식이기에 그 구박의 행위 자체가 갈등의 해소 기능을 하기 때문으로 볼 수 있다. 다시 말해, 계모와 팥쥐가 가진 갈등은 콩쥐에 대한 박대로 해소되고 있는 것이다. 그리고 마침내 콩쥐를 연못에 밀어 넣어 죽이고 만다.

대신 콩쥐는 자신이 가진 선함과 인내로 그 박대를 있는 그대로 받아들이고 다른 해소 방법을 찾지 못한다. 이는 아버지의 무심함 때문이다. 콩쥐의 아버지는 가정 내에 존재하는 갈등을 파악하지 못하고, 계모의 말만 믿으며 콩쥐에 대해서는 무심했기 때문에 콩쥐의 문제를 해결해 주지 못한 것이다. 그래서 콩쥐가 해결할 수 없는 과제를 받았을 때에는 하늘에서 내려온 검은 소와 같은 초월적 존재—이는 어머니의 현신으로 간주된다.—나 두꺼비, 선녀 등을 통해 해결한다.

그렇지만 계모와 팥쥐가 일으키는 현실적 갈등은 계속되고, 콩쥐의 외가 잔치[25]를 계기로 콩쥐가 감사와 결혼하게 되자[26], 콩쥐를 더욱 심하게 미워하게 되고 죽이게 된다. 콩쥐가 연못에 빠져 죽는 시점이 되면, <콩쥐팥쥐전>의 가족 갈등이 일단락되면서 계모와 팥쥐가 승리한 것처럼 보인다. 그것은 팥쥐가 콩쥐를 죽이고 난 후, 감사의 부인이라는 콩쥐의 자리를 팥쥐가 대체한다는 점에서도 그러하다.

---

[25] 이윤경은 이에 대해 계모가 콩쥐에게 어려운 과제를 부여하는 것은 학대의 의미를 지니는 것이지만, 내면적으로는 콩쥐에게 혼인할 여성이 갖추어야 할 능력을 갖게 하는 의미를 지닌다고 보았다. 그래서 계모가 부여한 과제를 다 해결하고 나서 콩쥐가 가는 잔치는 혼인 잔치의 의미를 지닌다는 것이다(이윤경, 「계모형 고소설 연구: 계모설화와의 관련성을 중심으로」, 성신여자대학교 대학원 박사 학위 논문, 2004, 138쪽.).

[26] 콩쥐와 감사의 결혼은 콩쥐가 물에 떨어뜨린 신발로 인해 실현된다. 콩쥐는 혼인으로 인해 박대받던 처지에서 해방되는 행복을 맞이하지만, 이 일로 인해 계모와 팥쥐는 콩쥐를 더욱 미워하게 된다. 하지만 계모와 팥쥐가 예전처럼 콩쥐를 박대하지 못하는 것은 콩쥐의 남편, 감사의 존재 때문이다. 콩쥐가 물에 빠져 죽기 전에 <콩쥐팥쥐전>에서는 콩쥐가 연꽃을 구경하고 있었는데, 팥쥐가 "거짓 반색"하며 달려들어 생전 콩쥐에게 하지 않던 태도를 보이며 "에그머니, 형님. 그동안 혼자만 평안히 지내셧소. 보고십지 아니ᄒ 팟쥐ᄂ 형님 츌가ᄒ신 후에 시시쎡쎡로 형님 싱각이 간절ᄒ며 엇지나 지내시ᄂ지 궁금ᄒ기 층양업서셔 테면을 불고ᄒ고 형님을 보러 왓소. 내가 전에ᄂ 철을 모로고 형님에게라도 응셕처럼 ᄒ 노릇이 형님은 지금신지라도 엇더케 싱각ᄒ시ᄂ지 모르거니와 …." 이런 식으로 말을 늘어놓는다. 콩쥐 입장에서는 팥쥐가 좋게 변했다고 생각할 만한 거짓 반가움이다.

(가) 드듸여 콩쥐와 팟쥐가 옷을 버셔 못가에 노코 련못에 들어가 목욕홀식 팟쥐는 깁흔 곳에 이르러 별안간 콩쥐를 밀쳐 너흐니 가련흐다 콩쥐는 쯧밧게 엇지흐지 못흐고 참혹흐게 그 물속에 쌔져 련못 귀신니 되엿더라 간특흐고 요악흔 팟쥐는 …(중략)… 희식이 만면흐야 못밧그로 나와셔는 콩쥐의 의복을 제가 쥬어 입고 졔 의복을 엇더케 슈쇄흔 후 ᄀ장 콩쥐처럼 련당 란간을 의지흐야 련꼿을 구경흐는 체흐며 못내 깃버흐는듸(태화서관본 <콩쥐팟쥐전>)

(나) 그러니까, 아 니미 발이 커서 들어가, 안 들어가지. 콩쥐가 신으니까 발이 꼭 맞거든.

그래 인저 콩쥐한테 장가를 들었단 말이야. 들었는데 선비가 인저 어딜 가면서 목욕하러 가지 말라고 아주 일르구 가거든. 그래 목욕 먼저 하라거던 양중하구, 목욕 가더라도 하지 말라구 그러는데([자료] 7 <콩쥐팟쥐>)

(가)는 팟쥐가 콩쥐를 죽이고 나서, 자신이 콩쥐의 옷으로 갈아입고 마치 콩쥐처럼 꾸며 난간에서 연꽃을 구경하는 장면이다. 이 장면에서 팟쥐가 콩쥐를 죽이고 아무렇지도 않게 행동하며, 못내 기뻐하였다는 서술은 기괴한 느낌까지 들게 한다. 콩쥐가 목욕하러 연못에 들어갔다가 죽게 되는 것은, 팟쥐의 목욕 제의를 거절하지 못했기 때문이다. 콩쥐는 팟쥐가 함께 목욕하자고 할 때 선뜻 받아들이지는 않는다. 각종

이유를 대어서 거절하지만, 팥쥐가 매우 강경하게 권했기 때문에 마지못해 연못에 들어가게 되는 것이다.

팥쥐가 목욕을 권유하는 <콩쥐팥쥐전>의 서술과 흥미롭게 대비되는 것이 (나)와 같은 경우이다. [자료] 7에서는 콩쥐의 남편인 선비가 외출을 하면서 목욕하러 가지 말라고 아주 당부했다는 것이다. 설령 목욕을 가더라도 목욕을 하지는 말라고까지 한다. 이는 금기 화소를 활용하여, 콩쥐가 선비가 제시한 금기를 어겨 죽게 되었다는 논리를 만들어 낸다. 어쨌건, 콩쥐는 팥쥐에 의해 죽음을 당하고 만다.

서사 전개에서 콩쥐의 죽음은 주인공 인물의 결말에 해당하는 것이어서 서사가 종결되어야 한다. 하지만 그렇게 하지 못하는 것은, 콩쥐가 가진 서사적 갈등, 즉 계모와 팥쥐 간의 문제는 해소되지 못했기 때문이다. 여기서 서사가 끝나면, 콩쥐 이야기는 비극적으로 종결되는 것이다.

<콩쥐팥쥐전>에서 콩쥐의 갈등은 콩쥐가 죽고 나서야 적극적으로 해결된다. 죽기 전에는 초월적 힘에 도움을 받아 해결하지만, 콩쥐가 죽고 나서는 스스로 연꽃이 되어 팥쥐를 괴롭히고, 오색 구슬로 변하여 할멈 집에 가서 감사를 불러낸다. 콩쥐는 죽음을 통해 자기 스스로 초월적 존재가 되어 문제를 해결하는 것이다. 그런데 자신이 원혼, 귀신이라는 초월적 존재가 되고 나서는 현실적 존재, 즉 사람을 통해 문제를 해결하는 것이 특징적이다. 대개의 귀신 이야기에서 귀신

이 직접 현몽을 하거나 등장하여 하소연하기도 하는데, <콩
쥐팥쥐전>에서는 다른 사람, 즉 할멈을 통해 감사에게 말할
기회를 얻고, 감사가 할멈의 집에 오자 귀신으로 나타나 전
후 사연을 이야기한다.

　귀신이 된 콩쥐를 만나고 나서야 감사는 모든 진실을 깨닫
고, 연못에서 콩쥐의 시체를 찾아낸다. 감사가 콩쥐의 신체
를 찾고 나서 콩쥐는 다시 살아난다. 그리고 이후의 서사는
팥쥐를 징치하고, 팥쥐의 신체를 젓갈로 만들어 계모에게 보
내도록 하여 계모가 죽음에 이르게 한다.

> 팟쥐의 어미는 처음에 팟쥐가 흉게를 품고 콩쥐를 히흐려
> 들어 글 씩에 심히 깃버흐며 만분죠심흐야 아모죠록 셩수흐라
> 고 부탁흐야 보닌 후에 최만츈은 곳고초씨 흐야 버리고 다른
> 셔방놈을 어더 후일에 만일 엇더홀 것을 예방흐고 쥬야로 팟
> 쥐의 덕보기를 기다리는 즁 관가로셔 봉물이 왓다는 소릭에
> 죠와라 흐고 닉다르며 …(중략)… 팟쥐의 소위가 탄로되야 필
> 경 죽음을 면치 못흔 쥴 알고 슬어던 치로 그디로 버리고 그 자
> 리에 잣바져 긔졀흔 것이 영영 피여나지 못흐고 풍도디옥으로
> 모녀숀을 잇글고 가니라(태화서관본 <콩쥐팥쥐전>)

　여기서 주목되는 것은, 계모나 팥쥐의 직접적 행위와 대비
되는 콩쥐의 간접적 징치이다. 다시 말해, 계모나 팥쥐는 가

족 간 갈등을 직접적 악행으로 해결하지만, 콩쥐는 자신이 어떤 행위를 하는 것이 아니라 다른 사람의 협조를 얻거나 감사 자리에 있는 남편의 공적 위치를 통해 해결한다는 것이다. 이는 가족 내의 갈등이 완전히 해결되는 과정에 사회의 법적 조치라든지 가족 외의 다른 사람의 개입이 필수적임을 말해 준다. 이러한 가족 갈등의 해결 방식은 과거나 현대, 허구 서사나 현실 이야기에서도 반복되고 있음을 다른 작품들에서도 확인할 수 있다.

가족 갈등 서사의
상호문화적 이해

(2) 〈재투성이 아이〉 이야기

⬤ 〈재투성이 아이〉 이야기 개요

   〈콩쥐팥쥐〉 이야기를 상호문화적으로 살피기 위해 그림 형제의 동화 〈재투성이 아이〉 이야기를 비교해 보기로 한다. 〈재투성이 아이〉 이야기는 일반적으로 〈신데렐라〉 이야기로 불리는 유형에 속한다.[27] 〈콩쥐팥쥐〉 이야기는 세계적으로 향유되어 온 광포 설화로 설화 유형 명칭으로는 〈신데렐라〉 형 설화라고 하는데, 그림 형제가 쓴 〈재투성이 아이〉와 비교할 만하다고 판단된다. 이 〈재투성이 아이〉도 매우 광범

---

[27] 〈신데렐라〉와 〈신데렐라〉형 설화에 대해 다음 설명을 참조할수 있다.
   "〈신데렐라〉는 '신데렐라 설화군'에 속하는 하나의 유형일 뿐이다. '신데렐라 설화군'은 〈신데렐라〉 유형 설화를 비롯하여 그와 비슷하면서도 다른 유형의 설화를 포괄하는 큰 규모의 설화 그룹이다."(자자와, 「〈콩쥐팥쥐〉 설화 연구-세계 〈신데렐라〉 유형 설화와의 비교를 중심으로-」, 서울대학교 박사학위논문, 2016.)

위한 <신데렐라> 형 설화의 하나라고 보면 되겠다. 대체적인 이해를 위해 다음과 같이 <재투성이 아이>[28]의 서사 단락을 정리해 보았다.

1. 어느 부자의 아내가 병이 들어 죽게 되자, 외동딸에게 착하고 신앙심을 깊이 하면 하느님과 자기가 도와줄 것이라 하고 세상을 떠난다.

2. 부자가 새 아내를 맞아들이니, 딸 둘을 데려오는데, 이들은 생김새는 아름다우나 심술궂고 마음씨가 사악하였다.

3. 계모의 두 딸은 소녀의 아름다운 옷을 벗기고 낡은 잿빛 작업복을 입히고 나무 신발을 신게 한다. 그리고 아침부터 밤까지 소녀에게 집안일을 시키고 괴롭히고, 밤에는 침대에서 쫓아내어 아궁이 옆 잿더미에서 자게 했다. 항상 재투성이의 더러운 모습을 하고 있어서 소녀를‘재투성이 아이’라고 불렀다.

4. 어느 날 아버지가 장에 가면서 의붓딸들과 신데렐라에게 무엇을 사다 줄지 묻자, 의붓딸들은 옷과 진주보석을 사달라고 하고, 신데렐라는 아버지 모자에 닿는 첫 번째 나뭇가지를 꺾어달라고 한다.

5. 아버지가 돌아와 딸들이 원한 것들을 준다. 신데렐라는

개암나무 가지를 어머니 무덤가에 심고 울자, 소녀의 눈
물로 나뭇가지가 쑥쑥 자라나 금세 나무가 된다.

6. 신데렐라는 매일 세 번 어머니 무덤가의 나무 밑에서 울면
서 기도하곤 했는데, 그때마다 하얀 새 한 마리가 날아와
소원을 들어주었다.

7. 왕이 왕자를 위해 신붓감을 고르는 잔치를 사흘간 연다고
하자, 의붓언니들이 신데렐라에게 머리를 빗겨달라고 하
고 구두를 손질해달라고 한다.

8. 신데렐라도 무도회에 참석하고 싶다고 하자, 계모는 잿더
미의 콩을 2시간 안에 골라 담으면 허락하겠다고 한다. 비
둘기와 새들의 도움으로 해 내자 계모는 신데렐라가 옷이
없고 춤도 못 춘다는 핑계로 허락하지 않는다.

9. 계모가 콩 두 말을 고르면 잔치에 데려간다고 하여, 신데
렐라는 다시 비둘기들과 새들의 도움으로 다 하지만, 계
모와 의붓언니들은 신데렐라만 집에 두고 떠나버린다.

10. 신데렐라가 개암나무 밑에서 울며 소원을 빌자 새 한 마리
가 금실과 은실로 지은 드레스 한 벌과 비단 수를 놓은 신
한 켤레를 주어, 그것으로 치장하여 성으로 가니 계모와
딸들은 알아보지 못한다.

11. 잔치 첫날, 신데렐라는 왕자와 춤추다가 집 앞에서 비둘
기장으로 도망친다. 둘째 날에는 신데렐라가 왕자와 춤추
다가 돌아와 배나무 위로 도망쳐 숨는다. 셋째 날, 신데렐

라는 또다시 왕자와 춤을 추다 도망치는데, 송진이 발린 계단에 붙은 왼쪽 신을 두고 간다. 왕자는 그것으로 신붓감을 찾으려 한다.

12. 왕자가 그 신발을 들고 신데렐라의 집에 가자 의붓언니들이 신으려 하지만 크기가 맞지 않는다. 그러자 큰언니는 엄지발가락을 잘라 신발을 신고 왕자와 가지만 개암나무를 지나갈 때, 비둘기가 진실을 알려준다.

13. 왕자가 다시 신데렐라 집에 가자, 작은 언니가 뒤꿈치를 자르고 신을 신어 왕자와 같이 떠난다. 이번에도 비둘기가 진실을 알려준다.

14. 왕자는 결국 신데렐라를 찾아내어 신발을 신어보게 하자 완벽히 맞는다. 왕자는 신데렐라와 함께 떠나고, 비둘기들이 신데렐라가 진짜 신부임을 소리친다.

15. 왕자와 신데렐라의 결혼식 날, 비둘기들이 악한 두 의붓언니의 눈을 쪼아 맹인으로 만든다.

◉ 〈재투성이 아이〉와 〈콩쥐팥쥐전〉의 가족 갈등 비교

〈재투성이 아이〉와 〈콩쥐팥쥐전〉의 등장인물과 가족 구성 상황을 비교해 보면, 주인공(신데렐라, 콩쥐)의 친어머니가 돌아가시고, 계모가 들어오게 되었다는 점은 동일하다. 그런데 신데렐라의 계모는 자신이 낳은 딸 둘을 데리고 들어오고, 콩쥐의 계모는 데리고 온 딸이 하나라는 점이 다르다.

아버지의 태도가 두 작품에서 약간 다르게 나타나는데, 〈콩쥐팥쥐전〉에서는 아버지의 무심함이 드러나 있음에 비해, 〈재투성이 아이〉에서는 아버지가 신데렐라나 계모에 대해 취하는 태도나 행동이 특별히 서술되지 않는 편이다.[29] 아버지의 등장은 시장에 가면서 사다 줄 선물을 묻는 장면, 왕자가 신데렐라 뒤쫓아 왔다가 못 찾으니 왕자에게 신데렐라를 찾을 도구를 주는 장면 정도이다.

---

[29] 이러한 서술적 특성은 여기서 살피고 있는 그림 형제의 〈재투성이 아이〉를 대상으로 한 것이다. 신데렐라 설화는 〈신데렐라〉 설화군이라 할 정도로 많아서 그 편폭이 크다. 자자와에 의하면, 〈신데렐라〉의 유형 중에는 아버지가 친딸 학대에 적극적으로 가담하는 경우도 있다고 한다(자자와, 「〈콩쥐팥쥐〉 설화 연구 - 세계 〈신데렐라〉 유형 설화와의 비교를 중심으로 - 」, 서울대학교 박사학위논문, 2016.). 그런데 이러한 유형의 신데렐라 이야기는 엄격히 말해서 이 글에서 다루고 있는 〈재투성이 아이〉 유형과는 다르다. 여기에서는 그림 형제의 〈재투성이 아이〉에 한정하여 분석함을 밝혀둔다.

한편, 계모 주도의 학대는 두 서사 모두에서 확연히 잘 드러난다. 그리고 계모의 딸이 주인공을 괴롭히는 데 계모와 연합한다는 점도 비슷하다. 그런데 신데렐라에게 계모 딸은 두 명이고, 콩쥐에게는 한 명이니 숫자 측면에서는 신데렐라가 더욱 고생이 심할 것처럼 보인다. 상대적으로 신데렐라의 언니들이 생김새는 아름다웠을 것으로 보이지만, 신데렐라 언니들이나 팥쥐나 사악하고 심술 많은 것은 마찬가지이다.

신데렐라의 계모와 딸들은 신데렐라가 집안에 편하게 앉아 있지 못하도록 새벽부터 밤까지 하루 종일 힘든 일을 시킨다. 이들은 신데렐라에게 고된 노동으로 힘들게 할 뿐만 아니라 입는 옷과 신발도 하인들이나 사용하는 작업복과 나무 신발을 주어 일을 시키고, 잠도 아궁이 옆 잿더미에서 자게 하면서 괴롭히고 조롱한다. 이렇게 계모와 딸들이 집안일, 콩을 주워 담는 것과 같은 곡식과 관련된 노동 등을 신데렐라에게 강요하는 양상은 계모와 팥쥐가 콩쥐에게 감당하기 어려운 과제를 부여하는 것과 비슷하다.

특히 <재투성이 아이>와 <콩쥐팥쥐전>의 계모 학대가 뚜렷이 유사함을 보이는 부분은 잔치를 앞두고 신데렐라와 콩쥐가 잔치에 오지 못하도록 해낼 수 없는 과제를 부여하는 장면이다. <콩쥐팥쥐전>에서는 콩쥐의 외가에서 잔치를 여는 상황인데, <재투성이 아이>에서는 왕이 왕자에게 신부를 고를 수 있도록 잔치를 배설한 것이다. 신데렐라와 콩쥐가 공통적으로 겪는 학대는 그 잔치에 갈 수 없도록 부여된 과제이다.

신데렐라와 콩쥐는 스스로의 힘으로는 도저히 해낼 수 없는 과제를 부여받지만, 새나 소와 같은 자연물에게서 초현실적 도움을 받아 모두 해낸다. 신데렐라가 과제를 해결하는 방식을 좀더 자세히 살펴보면, 우선 신데렐라의 친어머니 무덤 옆에 있는 개암나무의 존재, 하얀 비둘기 두 마리, 산비둘기, 모든 새 등이다. 이런 자연물은 사람과 소통할 수 없는 존재들이지만, <재투성이 아이>에서는 신데렐라와 소통하며, 신데렐라의 고통을 해결해 주는 초월적 힘을 발휘한다. 특히 개암나무는 신데렐라가 아버지에게서 선물로 받은 나무를 어머니 무덤 옆에 심어 기른 것으로, 신데렐라가 하루 세 번씩 그 나무 밑에 앉아 기도했는데 그때마다 새가 날아왔고, 그 새가 신데렐라의 소원을 들어주었다고 하니, 개암나무와 새는 신데렐라에게 초월적 조력자인 셈이다. 이를 콩쥐와 비교해 보면, <콩쥐팥쥐전>에서는 조력자의 형태가 여럿인데 비해 신데렐라에게는 주로 '새'라는 점이 다르다.

한편 조력을 받게 되는 과정은 신데렐라가 콩쥐보다 적극적으로 조력의 대상을 찾아 필요를 말하는 방식이라는 것이 주목된다. 신데렐라는 계모나 의붓언니들에게 해낼 수 없는 일들을 요구받을 때마다 마당에 나가 새들에게 도와달라고 소리친다. 콩쥐의 경우에는 어려움에 처했을 때 어쩔 줄 모르고 울거나 절망스러워할 뿐 스스로 도움을 청하지는 않는다. 울고 있는 콩쥐, 좌절한 콩쥐에게 하늘에서 검은 소가 내려온다든지, 두꺼비가 튀어나온다든지 등 조력의 존재들이 어디선가 나타나는 방식인 것이다.

이렇게 신데렐라와 콩쥐는 계모와 그 딸에게 학대받는 의붓딸이라는 공통점을 지닌다. 그러면서도 아버지의 역할과 조력의 방식 등 세부적인 면에서 차이를 보인다. 이제 <재투성이 아이>에서 계모로 인한 가족 갈등이 어떻게 해소되는지 살펴보기로 하자.

<재투성이 아이>에서 신데렐라의 갈등은 잔치에서 왕자를 만나면서 해소의 계기가 마련된다. 신데렐라와 왕자의 만남은 3번에 걸쳐 이루어지는데, 첫 번째와 두 번째는 계모 몰래 잔치에 왔던 신데렐라가 왕자를 물리치고 집에 들어가 숨어 버리기 때문에 왕자와의 지속적 만남 가능성이 없다. 세 번째 만남에서 신데렐라를 붙들고 싶었던 왕자가 계단에 송진을 발라 두었기 때문에 신데렐라가 신발을 잃어버리게 되고, 신발 주인을 찾는 왕자의 노력으로 마침내 신데렐라와 왕자의 결연이 성사되며, 가족 갈등도 이 과정에서 해소되는 것이다.

이렇게 볼 때, 신데렐라가 겪는 가족 갈등이 해소되는 방식은 왕자와의 결연이라는 애정의 성취라고 할 수 있다. 신데렐라가 왕자와의 결혼으로 새로운 가족을 이루게 되면서

기존 가족과의 갈등에서 해방되는 것이다. 그리고 이 과정에서 계모와 두 딸에 대한 징계도 이루어진다. 신데렐라의 의붓언니들은 신발 주인 행세를 하기 위해 엄지 발가락을 자르기도 하고 발뒤꿈치를 자르기도 하지만 자신들의 발에서 흐르는 피 때문에 신발 주인이 아님을 들켜버린다. 그리고 신데렐라와 왕자가 결혼할 때에는 두 언니에게 두 마리의 비둘기가 달려들어 차례로 눈알을 쪼아서, 이들은 눈이 먼 채로 나머지 인생을 살아야 하는 처지가 된다. 계모에 대한 징치는 직접 이루어지지 않지만, 서사적으로 두 딸이 당한 일들을 통해 결과적으로 어머니로서 입을 상처를 고려하면, 계모는 두 딸을 통해 징계를 받았다고 할 수 있다.

또한 왕자가 신데렐라를 신붓감으로 지목했을 때, 계모와 두 딸이 너무 놀라 얼어붙고 얼굴이 새파래졌다는 점에서 이들 모두가 벌을 받았다고 볼 수 있다. 자신들이 차지하지 못한 자리를 신데렐라가 얻었기 때문에 놀랐을 수도 있지만, 늘상 신데렐라를 괴롭히고 폭력을 가한 그들의 입장에서 신데렐라의 결혼은 그 자체로 공포일 수 있는 것이다. 가해자들은 자신들이 이미 저지른 행위 때문에 두려워할 수밖에 없다. 이는 다른 한편으로, 가장 좋은 복수가 자신이 성공하여 잘 사는 것이라는 일설처럼, 신데렐라는 왕자비라는 영화로운 위치에 오르게 되면서 자신의 응어리를 해소했다고 볼 수도 있다.

　이러한 <재투성이 아이>의 갈등 해소 방식에 비해 <콩쥐
팥쥐전>은 단순하지 않다. 다시 말해, 콩쥐는 감사와 혼인을
하여 감사 부인이 되지만, 이전 가족인 계모와 계모 딸 팥쥐
와의 갈등에서 벗어나지 못하고, 죽임을 당하기까지 한다.
이는 <재투성이 아이>는 설화임에 비해 <콩쥐팥쥐전>은 소
설이기 때문으로 볼 수도 있다. <콩쥐팥쥐전>은 소설로 형성
되면서 보다 끈질긴 계모와 계모 딸의 악행이 부가되고, 그
악행에 대해 공적 징치로 벌함으로써 콩쥐의 갈등을 해소한
것이다. 뿐만 아니라 콩쥐의 재생을 통해 원래 콩쥐가 누려야
할 삶을 회복함으로써 서사를 완결한다.

상호문화적 의미

　이제까지 살펴본 <재투성이 아이>와 <콩쥐팥쥐전>의 비교를 통해 상호문화적 의미를 찾아보고자 한다. <재투성이 아이>는 신데렐라의 결혼과 함께 갈등이 해소되고 종결되지만, <콩쥐팥쥐전>은 콩쥐의 결혼 이후에도 계모로 인한 괴롭힘이 지속되고 있어, 두 작품의 서사적 관심 혹은 지향성이 다른 것으로 보인다. <재투성이 아이>에서는 신데렐라와 왕자의 혼인 모티프가 가족 갈등을 압도하며 해소하는 기능을 하지만, <콩쥐팥쥐전>에서는 콩쥐의 혼인이 더욱 심한 괴롭힘을 유발하여 가족 갈등을 증폭시키기 때문이다. 이는 계모에 의한 의붓딸 괴롭힘이라는, 계모가 가해자이고 의붓딸이 피해자라는 서사 구도가 보편성을 지니지만, 혼인 문화의 개별성이 서사적 차별을 가져왔다고도 볼 수 있는 대목이다.

　<재투성이 아이>와 <콩쥐팥쥐전> 모두 계모가 일방적으로 의붓딸을 괴롭힌다. 그리고 이러한 가학 행위에 아버지의 존재는 드러나지 않는다. 계모가 의붓딸에게 악행을 저지르는 동안 아버지가 무엇을 했는지 알 수가 없고, 서술자도 관심을 가지지 않는다. 여기서 가정 불화, 갈등의 원인을 아버지라는 가장의 문제로 보기보다는 계모라는 새로운 가족 구성원의 문제로 보는 공통점을 발견할 수 있다. 전통적으로 볼 때, 가정 내에서 아버지라는 존재는 가족 구성원을 보살피기

보다는 책임을 지는 역할을 하기에 딸이 고생하는 것은 아버지의 잘못이 아니라 계모의 탓인 것이다.

그리고 이러한 가족 갈등 서사에서 계모는 항상 악하고 나쁜 인물로 그려지는 공통점도 있다. 이는 계모는 그럴 것이라는 계모에 대한 선입관이 공통적으로 작용한 결과이다. 계모 아래에서 자라는 의붓자식의 고달픔은 사람들의 보편적 인식을 말해주는 것이다. 아버지의 존재나 역할과 상관없이 계모가 의붓딸을 학대하는 것이 당연하다는 인식, 그리고 보통의 아버지는 계모가 저지르는 의붓자식 학대를 모른다는 의식이다.

한편, 이런 유형의 가족 갈등 서사에서 구박받는 의붓딸에게 위로가 되고 힘이 되며, 불가능한 일도 하게 하는 초월적 조력자가 등장하는 것은 일차적으로는 현실적으로 불가능한 상황을 극복할 수 있는 실제적 방법이 없기 때문이라 할 수 있다. 만약 이런 초월적 조력자가 없다면 학대받는 의붓딸은 그 문제를 해결할 길이 없는 것이다. 이는 위에서 본 두 서사 모두 가정 내에서 의붓딸이 의지하거나 도움받을 수 있는 다른 가족 구성원 없이 고립되어 있었다는 것에서 알 수 있다. 그래서 계모 아래에서는 초월적 조력자만이 구원의 손길로 작용하고, 혼인을 하고 나서야 남편의 보호 아래 살게 된다.

<재투성이 아이> 이야기가 신데렐라의 결혼으로 행복한

결말을 맞이하는 것에서 구박받던 의붓자식이 남편이라는 구원자로 인해 행복해질 수 있다는 긍정적 전망을 발견할 수 있다. <콩쥐팥쥐전>의 경우에는, 콩쥐가 혼인을 하고 나서도 여전히 계모와 팥쥐의 마수가 뻗치지만, 콩쥐가 혼인하기 전과는 달리 거짓 친절로 위장하여 접근하고, 콩쥐가 살해를 당하고 나서는 남편에 의해 진실이 밝혀진다. 이러한 점에서 <콩쥐팥쥐전>에서도 남편이 조력자와 해결자로서 역할을 담당하고 있다고 하겠다.

이렇게 볼 때, <재투성이 아이>와 <콩쥐팥쥐전>은 계모와 의붓딸의 갈등에서 아버지의 역할과 남편의 역할을 대비하고 있다는 공통점을 지닌다. 서로 다른 문화적 배경을 지닌 이 두 작품이 이러한 공통점을 보이는 것을 확대하여 본다면, 세계 어느 곳에서나 있을 수 있는 가족 갈등의 사례가 계모와 의붓딸 관계에 있으며, 이러한 갈등을 해결하는 데에 가장인 아버지 혹은 남편의 역할이 지대하다는 것을 알 수 있다.

가족 갈등 서사의
상호문화적 이해

손이 잘리는 의붓딸 이야기

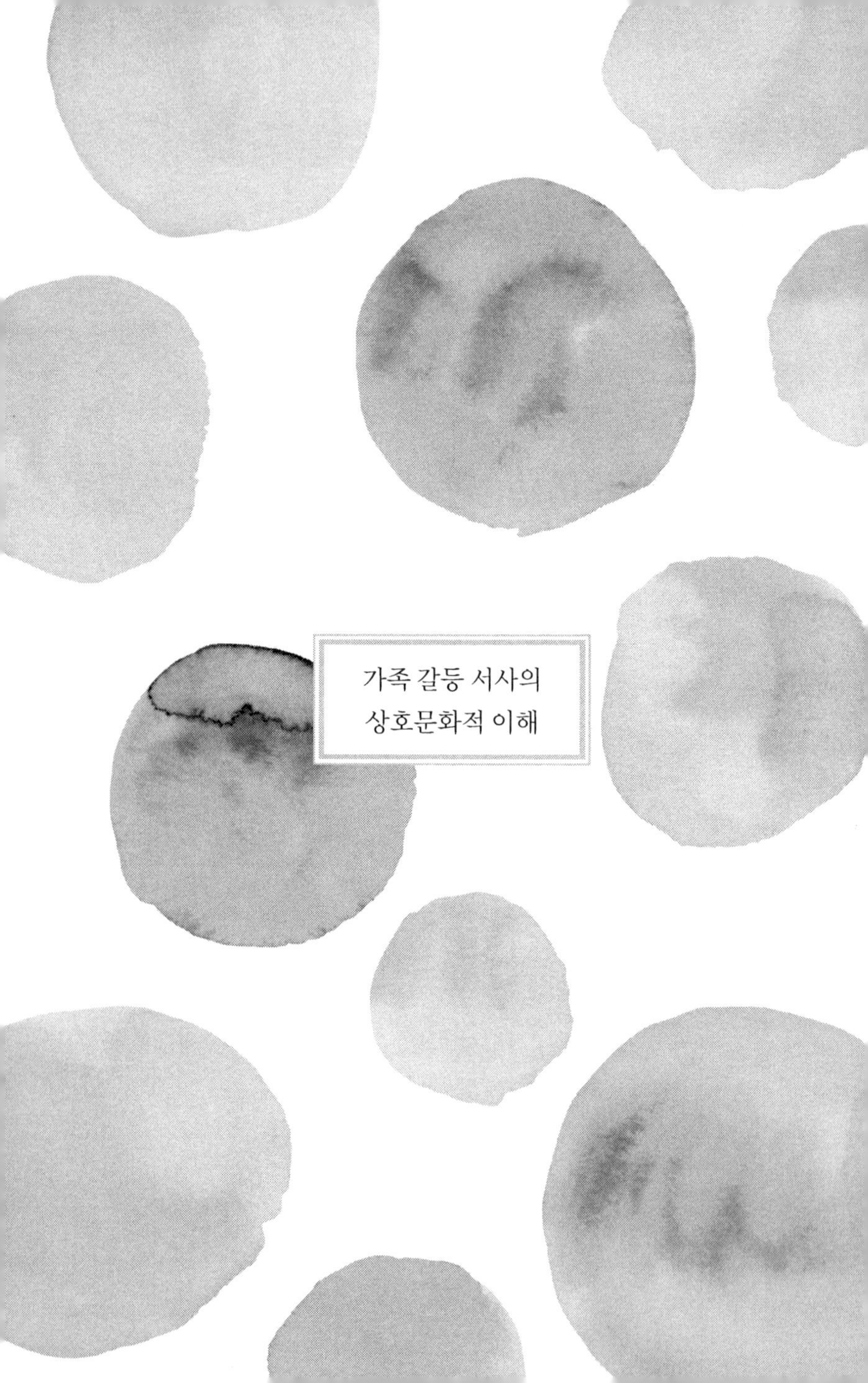
가족 갈등 서사의
상호문화적 이해

(1) 〈손 없는 색시〉 이야기

계모와 의붓딸 사이의 갈등을 중심으로 하는 또 다른 이야기로 여기서는 <손 없는 색시> 설화를 살펴보기로 한다. <콩쥐팥쥐> 이야기와 비슷하게 계모와 의붓딸 사이가 문제 되는 서사이지만, 독자적 서사를 지니고 있는 <손 없는 색시>에서 가족 갈등이 어떻게 발현되고 해결되는지 보도록 하자.

◉ 설화 〈손 없는 색시〉

<손 없는 색시> 설화 역시 동서양에 걸쳐 오랫동안 향유된 이야기이다. <콩쥐팥쥐> 이야기에 비하면 각편 수가 상대적으로 적기는 하지만, 세계 보편 설화이면서 가족 갈등을 특징적으로 보여주는 설화 유형이라는 점에서 다루어보고자 한다. <손 없는 색시> 설화는 "계모의 모함으로 양손이 잘린 채 쫓겨난 여자가 부잣집 아들과 혼인하고 수난의 과정을 겪은

뒤에 양손이 재생하여 남편·아들과 잘살게 되었다는 설화."[30]이다.

<손 없는 색시> 설화에 대해 다음의 설명을 참조할 수 있다.

(가) "처녀가 어떤 계략에 의해 두 손이 잘린 채 집을 떠난다. 결혼을 하고 아기를 낳지만 다시 모함을 받아 아기와 함께 시집에서 쫓겨난다. 그리고 어떤 계기로 손이 재생된 후 남편과 다시 만난다. 이는 세계적 보편성을 가지고 있는 <손 없는 색시> 유형의 공통된 줄거리이다.[31]

(나) "<손 없는 색시>는 한 여성이 적대자에 의해 손이 절단된 뒤 아이를 낳고 나서 손이 재생되는 줄거리의 설화라고 규정할 수 있다. 즉 '여성', '손 절단', '아이의 출산', '손 재생'이라는 네 화소를 원형 화소로 가지고 있는 이야기라는 것이다."[32]

(가)에서 설명하는 <손 없는 색시> 설화는 주인공이 처녀-여성이고, 두 손이 잘린 채 집을 떠났다가 결혼도 하고 아이도 낳지만, 다른 모함을 받아 쫓겨났다가 남편과 재회한다

---

30) 한국민족문화대백과사전, '손 없는 색시 설화', https://encykorea.aks.ac.kr/Article/E0030534
31) 김공숙, 「민담 <손 없는 색시>에 나타난 원형(原型)의 의미」, 『한국학연구』 61, 고려대학교 한국학연구소, 2017.
32) 황소령, 위의 글.

는 것이다. (나)에서는 좀더 단순화하여 여성이 손이 잘리고, 아이를 출산하고, 손이 재생하는 화소를 가지고 있는 이야기를 <손 없는 색시> 설화라고 정의하고 있다.

이 글에서 살피고자 하는 가족 갈등의 관점에서 보면, 이 정의에 포함되어야 할 요소는 '가족 내에서 다른 구성원'에 의해 손이 잘린다는 것이다. 이 설화에서 손이 잘리는 여성은 딸이거나 아내나 며느리 등 가족 내 여성이고, 다른 가족 구성원에 의해 손이 잘려 집에서 쫓겨나기 때문이다.

우리나라의 <손 없는 색시> 설화 자료를 다음과 같이 정리해 보았다.[33]

1. <손 없는 색시>(『한국구비문학대계』 1-9)

2. <전처딸을 몹시한 계모의 최후>(『한국구비문학대계』 7-10)

3. <전처 딸을 모해한 악독한 계모>(『한국구비문학대계』 7-13)

---

[33] <손 없는 색시> 설화 자료로 김헌선(김헌선, 『설화 연구 방법의 통일성과 다양성』, 보고사, 2009.)은 18편, 김혜정(김혜정, 「<손 없는 색시>설화의 유형체계 : 유형, 하위유형, 상위유형의 관계를 중심으로」, 경기대학교 대학원 석사학위 논문, 2002.)은 9편, 이윤경(이윤경, 위의 글)은 9편, 김환희(김환희, 「한국과 켈트의 <AT 706 손 없는 색시> 설화에 관한 비교문학적인 고찰-서사구조와 모티프를 중심으로」, 『민족문화연구』, 73, 고려대학교 민족문화연구원, 2016.)는 13편, 황소령(황소령, 「동아시아 <손 없는 색시> 설화 비교 연구」, 서울대학교 대학원 박사학위 논문, 2023.)은 12편을 제시하는 등 연구자에 따라 <손 없는 색시> 각편의 수에는 차이가 있다.

4. <계모에게 쫓겨난 손 없는 처녀>(『한국구비문학대계』7-14)

5. <숯 굽는 총각과 결혼한 처녀>(『한국구비문학대계』8-11)

6. <배나무 배조주 딸>(디지털제주문화대전)[34]

7. <계모와 전실 딸>(임석재,『한국구전설화』8, 평민사, 56~59쪽.)

8. <계모가 팔을 자르고 내쫓은 처녀>(임석재,『한국구전설화』1, 평민사, 131~133쪽.)

<손 없는 색시> 설화는 고전소설 <연당전>, <순금전> 등과 관련이 깊다. 이들 고전소설에서 나타나는 공통적 모티프가 <손 없는 색시> 설화의 주요 서사이기 때문이다. 여기서는 <손 없는 색시> 설화를 중심으로 주요 서사를 살펴보기로 한다. 이윤경[35]이 정리한 서사 단락을 간추려 큰 서사 단위만 다음과 같이 제시해 보았다.

---

34) 이 자료는 1959년 8월 제주시 삼도2동의 채순화(여)가 구연한 것으로, 1996년 출판된 『제주도 민담』에 실려 있다.
향토문화전자대전,
https://jeju.grandculture.net/jeju/toc/GC00700849

35) 이윤경,「<손 없는 색시> 설화의 소설화와 그 의미」,『돈암어문학』14, 돈암어문학회, 2001.
위 논문에서는 <손 없는 색시> 설화의 각편을 포괄할 수 있는 서사 단락을 4편의 서사를 정리하여 도출했다. 해당 각편은 <계모가 팔을 자르고 내쫓은 처녀>, <손 없는 색시>, <전처 딸을 모해한 악독한 계모>, <계모에게 쫓겨난 손 없는 처녀> 등으로, 앞서 제시한 목록의 1, 3, 4, 8번 자료이다.

1. 어머니를 여의고 계모가 들어오다.

2. 처녀가 쥐를 키우다.

3. 계모가 처녀를 학대하다.

4. 계모가 거짓 임신을 조작하여 처녀를 모함하다.

5. 처녀의 손이 절단되다.

6. 처녀가 집에서 쫓겨나다.

7. 처녀가 나무 위에서 과실을 따먹다.

8. 부잣집 아들이 처녀를 숨겨주고 결혼하다.

9. 남편이 과거보러 상경하다.

10. 색시가 득남하고 편지가 조작되다.

11. 색시가 아들과 함께 쫓겨나다.

12. 샘물에서 손이 재생되다.

13. 색시가 아들과 함께 기식하다.

14. 과거에 급제한 남편이 색시를 찾아나서다.

15. 남편이 아들을 만나고 부부가 재회하다.

16. 계모의 처벌이 이루어지다.

17. 부부가 행복하게 살다.

한편, 주종연[36)]은 4편의 <손 없는 색시> 설화를 바탕으로, 공통적인 이야기 요소를 1) 결손 가정의 발단, 2) 전처 딸의

---

36) 주종연, 「한국의 전래민담과 독일 Grimm 동화와의 비교연구 (1)–
손 없는 색시」, 『어문학논총』 11, 국민대학교 어문학연구소, 1992.

斷手와 추방, 3) 과일 나무 위의 처녀, 4) 부자집 외아들이 처녀를 방안에 숨김, 5) 결혼, 6) 새 서방과의 이별과 출산, 7) 재차 추방, 8) 양손의 재생, 9) 아내 탐색, 10) 재회와 귀가, 11) 악인의 응징 등으로 추출하였다.

김헌선도 <손 없는 색시> 설화의 핵심 서사를 정리하고[37], 『문학치료서사사전 2』에서도 『한국구비문학대계』 자료 3편을 바탕으로 줄거리를 정리하였다.[38] 이러한 <손 없는 색시> 설화 연구자들의 주요 서사 정리 내용을 볼 때, <손 없는 색시> 설화의 핵심 서사는 1) 계모가 전처 딸을 학대하다가 딸이 임신했다는 거짓 증거로 손을 자르고 집에서 쫓아내고, 2) 쫓겨난 딸이 부잣집 아들과 결혼하여 아들도 낳지만 조작된 편지로 인해 딸이 자신이 낳은 아들과 함께 쫓겨나고, 3) 손이 재생된 딸이 과거급제한 남편과 재회하여 계모를 처벌하고 행복하게 산다는 것이다. <손 없는 색시> 설화를 이해하는 차원에서 설화 자료 몇 편을 선정하여 주요 서사 단락을 정리해 보도록 한다.

---

37) 김헌선, 「<손 없는 색시> 설화 유형의 비교설화학적 연구: 세계설화의 비교를 중심으로」, 『시민인문학』 11, 경기대학교 인문과학연구소, 2003.
   이 서사 정리는 Stith Thompson의 것을 바탕으로 세키케이고가 정리한 것을 김헌선이 다시 일부 수정한 것이다.
38) 정운채 외, 『문학치료서사사전 2』, 문학과 치료, 2009, 1785~1786쪽.

1. 예전에 아홉 살 먹은 딸을 둔 한 사람이, 다섯 살 난 아이가 있는 작은댁을 얻었다.

2. 계모가 봉진네 구경을 가면서 의붓딸에게 기장 찧기, 물 한 단지 넣고 밥하기 등을 하고 오라고 한다.

3. 딸이 하루 종일 해도 기름칠 때문에 기장 찧기가 안되어 울자 황새가 도와주고, 두꺼비가 와서 새는 단지에 물 채우기, 밥하는 일을 해준다.

4. 동지섣달인데 의붓딸에게 미나리를 구해오라고 한다. 딸은 미나리를 찾아다니다 구하지 못하고 물을 들여다보며 운다.

5. 어떤 동자가 나타나 왜 우는지 듣고, 딸에게 따라오라고 한다. 딸이 따라가니 돌문이 나오는데, 동자가 돌문을 열자 미나리가 가득하였다. 동자가 미나리를 베어주면서 "병벽이 잦은 곳에 있으시면 문 열어주소."라고 하면 돌문을 열어줄 것이라고 한다.

6. 계모가 딸에게 또 미나리를 베어오게 하니, 딸이 돌문에 가서 동자가 알려준 말을 하자 돌문이 열려 미나리를 베어 온다.

7. 계모가 또 미나리를 동네 사람들에게 나누어줘 버리고 다시 베어오게 하고 미행한다.

8. 계모가 자신이 미나리를 베러 가서는 딸이 하던 대로 했으나 돌문이 열리지 않자, 수채구멍으로 들어가 동자를 칼로 찔러 죽여버렸다.

9. 다음날 딸이 미나리를 베러 갔으나 돌문이 열리지 않자 수채구멍으로 들어가 동자의 죽은 것을 보게 된다.

10. 딸이 방마다 보니 꽃에 글씨를 다 써서 놓았는데, 한 방은 살살이, 한 방은 숨살이, 한 방은 뼈살이 꽃이 있어, 그 꽃들을 꺾어 신체에 대고 씻으니 동자가 살아난다.

11. 동자가 살아나고, 딸이 미나리를 베어 집에 가니 계모가 딸의 손목을 자르고 쫓아내어 버린다.

12. 딸이 손목을 주워 들고 나와 새파란 연못을 들여다보며 앉아 운다.

13. 동자가 거기서 울 필요가 없다고 하여 부부가 되어 몇 해를 산다.

14. 동자와 딸 부부가 아이를 데리고 집에 찾아가자 계모는 부부를 보고 괴물이라 한다.

15. 동자와 딸 부부는 계모는 놔두고, 아버지만 데리고 강을 건넌다.

16. 아버지가 강 건너를 바라보니 울타리에 붙어 서서 바라보던 계모가 벼락에 맞아 뼈도 없이 잿가루가 되어 날아가버렸다.

이 <손 없는 색시> 설화 자료는 계모와 전실 딸의 갈등을 중심으로 서사가 전개된다는 특징이 있다. 아버지가 재혼한 후 들어온 작은 어머니는 아이를 하나 데리고 왔다고는 하였지만, 딸인지 아들인지 언급이 없고, 아버지에게 있던 딸, 즉 전실 딸과 새로 들어온 어머니와 사이에 일어난 구박이 서술된다. 그러다가 손목을 자르게 되는 계기와 혼인 과정이 제시되고, 손이 없게 된 딸이 결혼하여 살다 집에 와서 아버지를 모시고 가고, 계모는 천벌처럼 벼락을 맞아 가루도 없이 된 이야기가 제시되어 있다.

이 자료가 흥미로운 것은 전실 딸을 박대하는 방식이 <콩쥐팥쥐> 이야기처럼 해내기 어려운 집안일을 과제로 준다는 점이다. 특히 <콩쥐팥쥐> 설화의 [자료] 8 <팥조시와 계모>에서 보이는 한겨울에 참나물 캐오기와 비슷한 미나리 캐어오기 과제가 주어져 두 설화 사이에 연관관계가 있을 것을 시사한다.[39] 이 <손 없는 색시> 설화가 <팥조시와 계모>와 차이나는 부분은 전처 딸에게 주어지는 과제를 딸이 잘 해내는

---

[39] 김혜정은 이 설화 유형에 대해 "계모에 의해 한겨울에 채소를 구해
      오라는 과제를 부여받은 전처 딸이 한 도령의 도움을 받아 채소를
      구하는 내용을 핵심으로 한다."고 하였다(김혜정, 「<손 없는 색시>
      설화의 유형체계 : 유형, 하위유형, 상위유형의 관계를 중심으로」,
      경기대학교 대학원 석사학위 논문, 2002, 21쪽.). 이러한 설화는
      <연이와 버들잎 소년>과 같은 동화의 이름으로 불리고 있는 상황
      이다.

것이 손목을 자르는 이유가 된다는 것이다. 그리고 손목을 잘린 상황에서 돌문 안에 살던 동자를 만나 부부가 되고, 나중에 계모가 하늘로부터 징계받는 순간을 보게 된다.

또한 이 자료에는 전실 딸의 두 손이 재생하는 이야기는 선명히 드러나지 않는데 딸의 남편이 될 동자의 재생 과정이 있어 인상적이다. 딸은 두 손이 잘렸을 때, 잘린 손을 들고 새파란 연못에 앉아 울다가 동자를 다시 만나 부부가 되는 것으로 서술되어 있어, 딸의 두 손이 다시 붙었는지는 분명하지 않다. 이에 비해 돌문 안에 있던 동자가 계모에 의해 죽지만, 동자를 발견한 딸은 뼈살이, 숨살이, 살살이 꽃을 이용해 다시 살려낸다. 동자를 다시 살리는 방법은 흔히 서사무가 등에서 나타나는 것인데, <손 없는 색시> 설화에 수용되어 있음을 볼 수 있다.

이 서사의 결말은 계모에 대해 동자나 전실 딸이 어떤 징계 행위를 하지 않고, 아버지만 모시고 가는데, 마치 하늘이 벌을 내리듯 계모에게 벼락을 내려 잿가루로 만드는 것으로 되어 있다. 이는 계모의 악행에 대해 딸이 원한을 풀지 않아도, 하늘이 벌을 내린다는 의식을 보여준다. 그리고 이 자료에서는 아버지가 딸에 대해 별다른 행위를 하지 않기 때문인지, 동자와 결혼한 딸은 아버지를 모시고 가서 행복한 결말을 보인다.

 가족 갈등 서사의 상호문화적 이해

1. 딸이 세 살 때 상처한 사람이 딸이 다섯 살 되었을 때 재혼했다.

2. 재혼한 부인이 딸을 몹시 부려 먹었는데, 그래도 딸은 그 일을 다 해내었다.

3. 계모가 딸이 열여섯 되었을 때 일을 잘하는 것을 보고 그대로 둘 수 없다 싶어 딸을 쫓아내야 집안이 편하다고 점쟁이 말로 주장한다.

4. 계모가 딸의 손목을 끊어 내쫓으라고 하자 아버지가 딸의 양손을 작두로 자른다. 그러자 잘린 두 손이 하늘로 솟아 높이 뛰다가 없어진다.

5. 쫓겨난 딸이 산속으로 들어가 헤매다가 불이 환한 집을 만난다. 그 집에서 글 읽는 소리가 들려 이상히 여기다가 배나무를 발견하고 따먹으려다 배를 따지 못하고 나무 위에 올라앉아 있었다.

6. 글 읽던 선비가 집에서 나와서 달이 밝다느니 하다가 나무 위에 있는 처녀를 발견한다. 선비는 자기 방 벽장 안에 처녀를 숨기고 여자 하인이 가져다주는 밥상을 받아 먹인다.

7. 거의 일주일 동안 선비의 이런 행동을 보고 여자 하인이 이상히 여겨 문구멍으로 보고 마님에게 말한다.

8. 마님이 선비를 불러 꾸짖어 처녀 이야기를 듣고, 처녀를

데려오도록 하여 며느리로 삼는다.

9. 선비는 어머니에게 색시를 맡기고 과거를 보러 떠난다.
   색시는 신랑이 없을 때 아들을 낳는다.

10. 선비 어머니는 색시가 아들 낳았다는 편지를 써서 배달꾼
    을 통해 보낸다.

11. 편지 배달꾼이 주막에서 자는데 색시 계모였던 주막 여인
    이 주머니를 뒤져 편지를 보고, 눈도 코도 없는 두리뭉실
    한 것을 낳았다고 바꿔 써서 넣어둔다.

12. 편지를 본 아들은 두리뭉실이라도 자신이 내려갈 때까지
    놔두라고 답장한다.

13. 편지 배달꾼이 다시 그 주막에 머물게 되자, 주막 여인이
    편지를 뒤져 눈도 코도 없는 두리뭉실이는 내쫓아 버리라
    고 쓴다.

14. 선비 어머니는 같은 내용의 편지를 여러 번 받고 아들이
    변했다고 생각하여 며느리와 손자를 내보낸다.

15. 쫓겨난 색시가 목이 말라 어느 마을의 샘에서 물을 얻어
    마신다.

16. 길을 가던 색시가 다시 그 샘의 물을 다시 먹고 싶어 돌아
    왔지만 사람이 없어 기다리다 뇌성벽력에 색시와 업은 아
    이가 우물에 빠지고 만다.

17. 색시가 샘에 빠져 하늘을 쳐다보고, 자기 손을 보니 양손
    이 달려 있었다.

18. 사람들이 두레박을 내려 주어 색시와 아들이 우물에서 나
　　와 다시 길을 간다.

19. 피알밭을 매는 마고할미를 만나 색시는 딸처럼 지내며 베
　　도 짜고 행복하게 산다.

20. 아들이 5살 때, 아들을 궁금해하는 사람이 나타났는데, 알
　　고 보니 색시 남편이었다.

21. 다시 만난 선비와 색시는 집으로 돌아와 시어머니와도 재
　　회한다.

22. 색시의 부모 소식이 궁금하여 고향으로 행차한다.

23. 행차를 보고 부러워하는 신 삼던 아버지와 계모를 태우고
　　가서 잘 산다.

이 <손 없는 색시> 설화 자료는 집에서 딸을 쫓아내는 데
에 계모뿐만 아니라 아버지가 직접적인 행동을 한다는 것과
딸이 결혼해서 아이 낳은 소식을 전하는 편지를 중간에 계모
가 가로채어 또다시 쫓겨난다는 특성이 있다.

딸이 쫓겨나는 과정을 보면, 점쟁이 말을 거론하면서 계모
가 딸의 손목을 자르고 쫓아내야 한다고 주장하자, 아버지는
곧이곧대로 듣고 직접 작두로 딸의 두 손을 자르고 집에서 내
보내는 것이다. 이는 아버지가 딸의 처지를 파악하거나 말을
들어보지 않고, 재혼한 부인의 말만 듣고 딸의 손목을 작두로
자르는 행위를 하는 것으로, 아버지가 자신의 딸이 아닌 부인

의 편에서 가해자의 입장에 위치하는 것이다.

이렇게 전처 딸을 집에서 쫓아낸 계모는, 결혼해서 아이 낳아 잘 사는 딸을 모해하여 다시금 시댁에서 쫓겨나게 한다. 이는 계모가 반복적으로 전처의 딸이 집에서 편안히 살 수 없게 하려고 시도하는 것으로, 이미 자기 집에서 쫓아낸 딸을 다른 어떤 집에서도 살지 못하도록 끝까지 괴롭히는 행위이다. 물론 이 각편에서 계모가 하필이면 그 주막의 주인으로 일하고 있었던 이유나 맥락이 없고, 아버지는 어떻게 된 것인지도 언급되지 않아 계모가 편지의 내용을 바꾸었다는 것이 급작스럽기도 하다. 그렇지만, 분명한 것은 이 계모는 전처의 딸이 어디선가 정착하여 행복한 삶을 누리는 것을 무조건 막으려고 한다는 것이다.

이 자료의 결말은 특징적인 것이, 딸이 돌아와 아버지와 계모 모두를 모시고 간다는 것이다. 계모가 전처 딸에게 한 일을 생각하면, 어떤 응징이 이루어지거나, 딸의 보복 행위가 있어야 할 것 같은데, 딸은 아버지와 계모 모두를 받아들이는 긍정적 결말을 보인다.

>>> [자료] 4. 〈계모에게 쫓겨난 손 없는 처녀〉(『한국구비문학대계』 7-14)

1. 옛날 어떤 정승의 집에 어린 남매를 낳고 모친이 사망한 후, 딸은 과년한 처녀가 되고, 아들이 열서넛 살 되었을 때

 가족 갈등 서사의 상호문화적 이해

정승이 재혼한다. 부친은 재혼하면서 계모 행세가 있을까
하여 딸을 숨긴다.

2. 남동생이 밤마다 누나를 찾자, 계모는 남동생을 다그쳐
딸의 존재를 알게 되어 괘씸하게 여긴다.

3. 계모는 남동생을 앞세워 딸 있는 곳을 찾아가니 명주베를
짜고 있었다.

4. 계모는 떡장수에게서 돌메밀을 먹으면 배가 아파 죽는다
는 말을 듣고 돌메밀 묵을 만들어 딸에게 먹게 한다.

5. 딸이 배가 아파 정신없어 하자 구해주는 척하면서 쥐를 잡
아 껍데기를 벗겨 딸의 속곳 사이에 넣어둔다.

6. 계모가 딸이 배 아팠던 이유가 임신했다가 유산했기 때문
이라고 모함하니 정승은 작두로 딸의 두 손을 끊고, 아들
을 불러 누나의 문제를 말하고 강물에 넣으라고 한다.

9. 남동생은 강물에 두 손을 띄워 보내고 누나를 살려준다.

10. 딸은 정처 없이 가다가 어느 정승 집 옆 배나무에 올라가
입으로 한입씩 배를 먹고 배나무 위에 앉아 있는다.

11. 정승 집 총각이 과거 보러 가려고 공부를 하다가 바람 쐬
러 나와서는 딸을 보고 손은 없지만 인물이 좋은 처녀라고
생각하여 자기 방 궤 속에 숨기고 자기의 밥을 나누어 먹
는다.

12. 밥 가져오는 가정부가 총각이 밥을 자꾸 더 달라는 것이
이상하여 문구멍으로 보고 처녀의 존재를 확인하여 그 어

머니에게 알리는데, 모른 체 하고 밥을 좀 많이 주게 한다.

13. 과거 보는 날이 닥치니 총각은 어머니에게 있었던 일을 말하고 처녀를 부탁해 놓고 과거 보러 떠난다.

14. 총각 어머니가 처녀를 돌보는데, 처녀의 배가 점점 불러오는 것을 보고, 정승 집 체신을 생각하여 처녀에게 떠나 달라고 한다. 처녀는 아이를 낳고 떠나겠다고 한다.

15. 처녀가 인물 좋은 아들을 낳았는데, 총각 어머니는 아들이 돌아오면 처녀를 안 보내려 할 것이라 여겨 아이를 업혀 집에서 내보낸다.

16. 처녀가 아이를 업고 가다 목이 말라 웅덩이 샘에 물을 마시려고 엎드리는데 아이가 등에서 빠져 웅덩이에 빠져버린다.

17. 아이를 건지려고 웅덩이에 손목을 넣는 순간 손이 붙어서 기뻐하며 아이를 무사히 건진다.

18. 처녀는 한 동네에서 베를 짜기도 하고 품을 팔기도 하며 산다.

19. 아들이 8살 되었을 때, 처녀를 잊지 못해 장사꾼이 되어 찾아다니던 과거 급제한 정승 아들이 처녀의 아들을 알아보고 사는 곳을 묻는다.

20. 처녀가 처음에는 총각의 아들임을 부정하다가 마침내 인정하고 정승 아들을 따라가 살며 아이를 공부시킨다.

21. 처녀의 아들이 열대여섯 살이 되었을 때, 어머니의 살아

온 이야기를 듣고 어머니의 원수를 갚으러 간다고 한다.

22. 처녀의 아들이 외가를 찾아가, 외조부에게 자기 어머니 음해를 입어 쫓겨났음을 말하고, 외조모가 버리지 않고 놔둔 쥐의 배를 갈라 사람이 아닌 쥐라는 것을 증명한다.

23. 처녀의 아들은 외조모를 관가에 알려 죗값을 치르게 하고, 집으로 돌아가서 잘 살았다.

이 <손 없는 색시> 설화 자료는 계모를 맞이한 정승 집의 자녀가 남매로 되어 있다. 계모가 정승 집에 들어온 시점은 딸이 열대여섯 살, 아들이 열서넛 살로 이미 성장한 나이이다. 그런데 특이한 것은 정승이 두 번째 부인을 얻으면서 딸의 존재를 숨기고 싶어했다는 것이다. 재혼이기는 하지만, 혼인을 하면서 자신에게 있는 자식을 알려주지 않는 것은 비난받을 만한 점이다. 그래서인지 계모는 딸을 찾아내어 없애고 싶어한다.

계모가 전처 딸을 쫓아낼 방도로 세운 계획은 정절을 지키지 않았다고 모함하는 것이다. 여기에 동원되는 것이 돌메밀 묵과 껍데기를 벗긴 쥐이다. 전처 딸이 돌메밀 묵을 먹고 방 구석 네 귀퉁이를 헤매는 것을 보고, 껍데기 벗긴 쥐를 던져 놓아 아이를 임신했다가 유산했다는 것으로 모함한다. 그러니 정승 입장에서는 가문의 수치가 될 딸을 죽일 생각을 하게 된 것이다. 정승은 직접 작두로 딸의 두 손목을 끊고, 아들에게 누나를 강물에 빠뜨려 죽이라고 시킨다.

이 부분은 <장화홍련전>에서도 볼 수 있는 모티프이다. 즉 계모가 전처의 딸이 임신했다는 모함을 하여 아버지로 하여금 딸을 죽이도록 하는 것이다. 영문도 모르고 밤중에 집을 나가 연못에 빠지게 된 장화는 결국 원혼이 된다. 그런데 이 각편에서는 손목을 잘리지만, 동생의 재량으로 딸은 살게 된다. 이는 딸을 물에 떨어져 죽게 만드는 역할을 맡은 인물이 <장화홍련전>에서는 계모의 아들이지만, 이 설화에서는 전처의 아들, 즉 딸과 남매 간이기 때문으로 보인다.[40] 딸과 혈연관계가 있고 서로 의지하며 지낸 남동생은 차마 누나를 죽이지 못하는 것이다.

이렇게 딸을 모함하여 두 손을 자르고 죽을 위기에까지 이르게 한 계모의 결말은 딸의 아들로 인해 처벌을 받는 것이다. 딸의 아들은 자신의 어머니가 집안에서 겪은 이야기를 듣고 원수를 갚겠다고 나서고, 외가를 찾아가 외조모를 관가에 고발하여 죗값을 치르게 하여 보응한다.

---

40) <장화홍련전>에서는 계모가 장화의 이불 속에 쥐의 껍데기를 벗겨 낙태한 형상으로 만든 것을 넣어 장화를 모해한다. 이에 대해 계모는 가문의 수치스러움을 들어 비밀스럽게 장화를 처리해야 한다고 아버지 배 좌수를 부추긴다. 그래서 계모가 자신의 아들 장쇠를 시켜 장화를 외갓집 보내는 길에 연못에 빠뜨려 죽일 것을 제안하자, 배 좌수를 별다른 이견 없이 그렇게 하도록 한다.

● 〈손 없는 색시〉 설화의 가족 갈등 양상과 해결

이제 <손 없는 색시> 설화에서 나타나는 가족 갈등의 양상과 해결 방식을 살펴보도록 하자. 여기서는 <손 없는 색시> 설화 각편 중에서 [자료] 3과 [자료] 4를 중심으로 분석하되, 필요에 따라 다른 각편이나 설화 자료, 고전소설 작품을 함께 보도록 하겠다.

≫ 가족 갈등의 발현 양상: 처녀의 내쫓김과 방랑

≫ 아버지와 딸, 계모 사이

<손 없는 색시> 설화에서 가족 갈등은 계모와 전처의 딸 사이를 중심으로 전개된다. 그런데 <콩쥐팥쥐전>과 달리 <손 없는 색시>에서는 계모에 대해 아버지가 동조하고, 자기 딸의 손목을 자르고 쫓아내는 데에 아버지가 적극적으로 행동한다. 어떤 각편에는 심지어 아버지가 딸의 두 손을 직접 작두로 끊는 것으로 서술된다. 그렇다고 하여 아버지와 딸의 친소 관계가 부각되어 서술되지 않는다. 대신 계모의 감정과 행동으로 인해 아버지의 친딸에 대한 가혹 행위가 일어난다.

<손 없는 색시>에서 계모와 의붓딸의 갈등은 <콩쥐팥쥐>와 마찬가지로 일방적으로 발현되지만, 계모의 친딸이 동원되지는 않는다. 그래서인지 전실 딸에 대한 계모와 아버지의

태도가 같은 편이 되어 유대 관계를 이루는 것으로 보인다. 다른 한편으로는 아버지와 딸의 관계가 <콩쥐팥쥐전>에 비해 <손 없는 색시>에서 더욱 친밀하게 보이고, 그래서인지, 아버지의 딸에 대한 축출 행위가 더욱 가혹하게 그려진다. 이를 단적으로 보여주는 자료가 다음의 [자료] 4이다.

> 옛날 참 어떤 정승의 집에 남매를 떡 낳아놓고 저거 모친이 돌아가셨는데, 그래 참 처녀는 과연한(과년한) 처녀가 되고, 참 아들은 나이 한 열서 너살 무렀는데 정승이라도 참, 옛날에 참 재혼을 안 하나. 그래 재혼을 하게 떡 되가주고. 재혼을 하는데, 이 정승이 가마이 생각을 하이, 딸은 과연하재, 옛날에는 참 계모가 들오면 계모 행시(행세)를 하재 이래서 그 딸을 인자 감찼는 기라. 저가부지가(1)─(자기 아버지가)─ 떡. 정승이, 인자 딸을, 그 큰 딸을 떡 감차놓고 그래 장가를 들었어. …(중략)… _참 정승이지만은도 내가, 나도 부몬데 마 와 저래 감찼노?_ 싫어 괘씸한 맘이.(『한국구비문학대계』 7-14)

위의 경우 계모가 전처 딸에 대해 '괘씸하다'는 감정을 가지게 된 것이, 아버지가 재혼을 하기 전에 딸을 감추어 두었기 때문이다. 아버지가 딸을 감춘 이유는 계모가 들어오면 '계모 행세'를 할 것이라고 생각했기 때문이다. 그런데 의아한 점은 계모 행세의 대상이 왜 '딸'에만 해당되는가 하는 것이다. 딸에게 계모라면 아들에게도 계모인데, 계모를 의식하여 딸만 감춘 것은, 계모와 딸의 관계를 여성과 여성의 대결 관계로 인식했기 때문이라 할 수 있다. 이는 가족 관계임에도 아버지-계모-딸의 관계를 남녀관계로 보았다고 해석할 수 있다. 아버지는 과년한 처녀가 된 딸을 걱정하여 감추었다고 했기 때문이다.

이러한 아버지의 행동에 대해 계모가 가진 생각은 "나도 부모인데"라는 것이다. 다시 말해 계모는 재혼을 하면서, 주어진 의붓자식들에 대해 부모로서 대할 생각을 갖고 있었다. 그런데 아버지는 계모에 대해 부모 행세가 아닌 계모 행세를 할 것으로 여겨 딸을 숨긴 것이다. 그래서 계모는 어머니로 정당한 대우를 받지 못하는 것에 대해 괘씸함을 느끼는 것이다. 이는 아버지가 계모가 어머니로서 딸을 잘 보살필 것이라 여기지 않으면서 딸에 대한 감정이 상대적으로 더욱 친밀함을 말해주는 것이기도 하다. 아버지가 여식의 존재에 대해 솔직하게 말하지 않고 새로운 가족이 되는 계모에게 숨긴 것은 이렇게 하면서까지 딸을 아끼고 싶은 마음이 있었던 것이고, 그 이유는 과년한 딸이 계모에게 경쟁상대로 보일 우려를 없애고 싶었던 것으로 추측할 수 있다.

>>> 처녀의 두 손 자르기

<손없는 색시> 설화에서 계모의 전실 딸 박대는 <콩쥐팥

쥐전>과 유사하게 집안일을 심하게 시키는 방식으로 이루어
진다.

(가) 봉진네 구경이라고 가는데. 그래 이 어마이 하는 말이,
"너는 오늘…"
기장에다가 지름을 한 통 버어(부어) 놓고,
"이 기장을 쪄(찧어) 놔라. 서 되를 좀 쪄 놔라."
그래,
"물을 한-단지 여놓고 저녁을 해 놔라. 해놓고 읐나."
이 아가 기장을 종일 쪄도, 기장이 안 찍히네. 자, 본데 매끄리
한 기장에다 기름을 쏟아 놨으이 찍핼 도리가 있나? 종일 쪄도 안
찍해. 찧다 찧다 안 돼 고마 방간 밑에다 앉아 운다. …(중략)… 자
기 해놓은 관양이(짓이) 있단 말에. 못 했이껜데 했다 그그던.
들어와 보이 다 해놨단 말에.

그래 그 날 저녁에 자고 그 이튿 날 아직에 섣달인데, 미나
리 한 되를 구해가주고 오라 그네. 이놈의 미나리를 어디 가가,
동지 섣달 눈은 설산가산 하는데, 어디 가 비노 말이래. 미나리
를 빌 데 없다. (『한국구비문학대계』 7-10)

(나) 재혼을 해논께 재혼한 오마이가 돌아와가지고, 그래
참 딸을 그래 몹시 부리먹어요. 몹시 부리먹어도 한 열 대여섯
살 먹은 처녀가 그렇기, 시오, 친정오마아, 오마이가 몹시 부리
먹어도 그 일을 다 해내는 기라. 다 해내고, 뭐 비(베)도 짜라 카

마 짜고, 매라 카마 매고 오만 걸 다 하는데, (『한국구비문학대계』
7-13)

(가), (나)의 인용 부분은 계모가 딸을 박대하는 장면을 보여준다. 위에서 보듯, <손 없는 색시> 설화에서도 전처 딸에 대한 박대는 집안일을 주는 방식으로 이루어진다. 그런데 이 <손 없는 색시> 설화 각편들에서는 계모가 원래 악해서라든지, 전처 딸이 못마땅해서라든지 등의 박대 이유가 나와 있지는 않다. 계모가 재혼해서 들어온 가정에 원래 있던 딸을 박대했다는 것으로 나오고, 박대한 이유가 명시되지는 않는다.

(가)에서는 계모가 계속하여 딸이 해낼 수 없는 과업을 주어 괴롭히는 방식으로 갈등이 표출된다. 계모는 기름 바른 기장을 주고 석 되나 찧어놓으라고 시키면서, 속으로는 딸이 해내지 못할 것이라고 생각한다. 이런 과업을 준 것은 자신이 가는 봉진네 구경을 딸이 올 수 없도록 하기 위한 것이다. 그렇지만 황새가 날아와서 딸이 우는 것을 보고 도와주어 다 해내자, 이제는 한 겨울에 미나리를 베어오라고 시킨다. 이러한 양상은, 계모가 딸에게 할 수 없는 과업을 주어 어떤 징벌을 내릴 계획을 했다가, 딸이 모두 해 내니 과업의 수준을 높여 해낼 수 없도록 한 것이라 할 수 있다.

(나)에서는 재혼해서 들어온 어머니가 "딸을 몹시 부려먹는다."는 서술로 딸의 박대를 일축한다. 그러면서 그 딸은 계

모가 주는 어떤 과업도 다 해냈다고 하면서, 베를 짜라 해도 다 짜고, 밭을 매라고 해도 다 매고, 오만가지를 다 해냈다고 설명한다. 그런데 (가)와 다른 것은, 계모가 과업을 주는 이유가 나오지 않는 것이다. 그리고 딸이 모든 과업을 성공적으로 수행했다는 것에 대해 불만을 가진다.

이는 (가)와 (나) 모두에서 볼 수 있는 것인데, 계모는 전실 딸이 해낼 수 없으리라 기대하고 딸을 괴롭히는 차원에서 과업을 부여한다. 그렇지만 모든 과업을 딸이 해내자, 다시 더욱 어려운 과업을 부여한다. 그럼에도 딸이 과업을 모두 수행하니, 계모는 그때 딸을 그대로 두지 않겠다든지, 혹은 과업 수행의 비결을 파악하여 더 이상 도움을 받지 못하도록 방해한다. 그리하여 계모가 내린 결정은 딸의 두 손목을 자르는 것이다.

(가) 그래 가가주골랑 암만 그래 그 기집아(계집애) 한대로 하이께네, 들든 소리 아이래 안 열어준다 그래.

"들든 소리 아니로다. 들든 소리 아니로다."

이래면서 안 열어주그던. 안 열어주이, 고마 수채굵으로 기 드갔어. 그래갖고 수채굵으로 기 가가주고 고마 그 참 동자를 그 다 죽였부렜다. 칼로 고마 찔러 죽였붔다. …(중략)… 죽이 놔도 맹 그놈의 자식이 미나리를 비가 온단 말에. 이르이 하다 하다 안 돼서, 인지는 고마 하는 수 없어서 고마 이 손목을 고

만에 짤라가주 내 쫓았부렀다. 내 쫓았부이 아이, 이 참 처녀가 나와가지골랑 그 손목을 조(주워) 들고 나와, 자기가 조 들고, 우다가 우다가 새파란 쏘(沼) 드다 보고 앉아, 손목을 들고 앉아 우다이(『한국구비문학대계』 7-10)

(나) 그 오마이가 본께서로, 기모가(계모가), 기모가. 그래 한께서로 가만 어마이가 본께, '조기이 우짠 솜씬지 솜씨가 그렇기 있어. 그것 참 안 되겠다.' 싶어가주고 그래, 적 이바이한테도 이얘길 했어.

"저게 집, 우리 집구식이 핀할라만 아무것이를 내쫓아야 집구식이 핀한다 칸다." …(중략)…

"그래지말고 고만 여보, 그래지말고 저 딸을 손목을 탐박 끊어 가주고 내쫓아 뿌리소." …(중략)…

"사람이 사는 이력이 집구식이 핀해야 되는데, 집구식이 안 핀하만 안되지."(『한국구비문학대계』 7-13)

(다) 한 날은 인자 그 딸 있는 곳으로 아를 앞시아가주고, (6) -(앞세워서)- 지 동생을 앞시아가주고 떡 갔는 기라. 가보이 참 한 군데가 딱 감차났는데 가마이 문을 열고 드가보이 참 처녀가 아주 과연한 처녀가 인물도 아주 잘 나고 이런데 밍지비를 (7) -(명주 베를)- 떡 짜고 있다 말이라. 그래 이 계모가 가마이 생각을 하이 괘씸하다 말이라. _저걸 어예 내가 거해야 되겠노?_ 싶어 인자 돌아왔어. …(중략)… 쥐가 마 큰 강새이만한 기 (13) -(강아지만한 것)- 마 한 바리 아이 부석에서 쑥 나

오거던. 이 죽을 안치가 끓이는데, 그리이 계모가 그 놈을 부지
깨이로 가주 탁 때리서 잡았는 기라. 쥐가 인자 부석에 불 때는
데 나왔으이 정신이 없거던. 그래가 인자 잡아가 껍데기로 비
끼가 인자, 처자는 그러구로 곤두박질 치다가 인자 고만 자는
기라. 잠 들어, 자는데 그걸 인자 속곳 가래이에다 딱 갖다 옇
어났어. 계모가.(『한국구비문학대계』 7-14)

(가)-(다)는 <손 없는 설화> 각편에서 딸의 손을 자르려
는 이유가 나온 부분이다. (가)는 계모가 전처 딸이 한겨울에
캘 수 없는 미나리를 베어오자, 딸을 미행하여 돌문 여는 방
법을 터득한 다음 직접 돌문 열기를 시도하지만 실패한다. 그
래도 계모는 포기하지 않고 수채구멍으로 돌문 안쪽으로 들
어가 동자를 칼로 죽인 다음, 더 이상 미나리를 캐어올 수 없
으리라 믿고 전처 딸에게 미나리를 또 캐어오라 한다. 계모의
기대와 달리, 딸이 동자를 살려내고 미나리를 캐어오니 계모
는 "하다 하다 안돼서" 딸의 손목을 자르고 쫓아내는 것이다.
잔혹한 점은 계모가 전처 딸에 대해 괴롭히는 방법으로 딸
에게 도움이 되는 사람을 죽이는 것이다. 서사 전개에서 계모
가 동자를 죽이는 이유는 딸이 미나리를 더이상 캐지 못하게
하기 위한 것이다. 이것은 계모가 전처 딸이 도움을 받고 위
로를 받는 존재를 없앰으로써 절망하고 외롭게 만드는 방식
이다. 그런데도 전처 딸이 동자를 살려내고 다시 미나리를 베

어오자, 전처 딸의 손을 잘라버린다. 한 가지 이 각편이 지닌 특징은 딸의 두 손이 아니라 단지 '손'을 잘랐다고 하여, 다른 각편과 차이를 보이는 것이다.

(나)의 인용 부분에서는 계모가 부여한 모든 과업을 딸이 해 내자, 그것에 대해 "딸이 솜씨가 있다."라고 판단하여 그냥 두면 안 되겠다고 한다. 다시 말해, 계모는 딸이 솜씨가 매우 좋은 것에 대해 불편해하는 것이다. 일어난 일 자체로 보면 딸이 집안일을 솜씨 있게 잘하는 것이 계모에게 불편할 이유가 없다. 딸이 일을 잘하면, 집안일을 많이 맡겨 계모 자신이 편하게 지낼 수 있기 때문이다. 그런데도 계모가 딸의 솜씨에 대해 불편해하고 그냥 두지 않겠다고 한 것은, 계모가 전처 딸을 경쟁상대로 여겼기 때문으로 볼 수 있다. 더 분명한 이유는 [자료] 3 말미의 설명에서 확인할 수 있다.

본래 손, 없어도 크기 되고 있어도 크기 될 사람인데 크기 되까바 겁이 나가주고, 지집이 그랬다꼬.(『한국구비문학대계』 7-13)

전처 딸에 대해 계모가 가진 불안과 공포는 전처 딸이 크게 될 수 있다는 것이었다. 그것은 전처 딸이 손재주가 좋았기 때문이라 할 수 있다. 그리고 사람은 손은 없어도 살 수 있기 때문에 아버지에게 손을 자르라고 한 것이다.

(나) 자료에서 계모는 전처 딸의 손목을 직접 자르지 않고, 아버지에게 점쟁이 말을 거론하며 친아버지가 딸의 손목을 자르도록 계획, 조종한다. 계모는 집안이 편하려면 딸을 쫓아내야 하니, 딸의 손목을 자르고 내쫓으라고 종용한다. 딸의 친아버지는 계모의 말에 수긍하고, 여물 써는 작두를 새파랗게 갈아 갖다 놓고 여물 위에 딸의 두 손목을 넣도록 하여 싹둑 끊어낸다.

> 두 손을 연께서로 고마 짝두 타악 찍어뿌맀어. 파악 찍어뿌린께 고만 둘 다 끊어졌부맀는 기라. 그래가주고, 그랜께 그 두 손이 하늘만창 뛰는 기라. 퍼얼펄, 두 손이 하늘만창 뛰디마는 고마 어디로 가고 없어. 그래 그 딸 인제 쫓이내는 기라 인제.
>
> "널랑 인제 너 갈대로 가서 어째 벌어, 얻어먹고 사든지 살아라. 집구식이 핀해야지 사아지 집구식이 안 핀하먼 못 산다."
>
> 이칸게, 그래 인자 그 사람이 고마 나가는 기라 인제. 거어치없이 거치없이 가여.(『한국구비문학대계』 7-13)

위에서 보듯이 이 각편에서 딸의 두 손목을 자르게 되는 경위는 계모가 집안의 편안함을 들어 아버지를 추동하고, 아버지로 하여금 친딸에게 직접 위해를 가하도록 한 것이다. 이러한 양상은 친아버지조차도 딸의 안위를 생각하지 않고, 계모가 말하는 점쟁이의 조언을 핑계로 죽음에 이를지 모르는 두 손 자르기를 행한다. 뿐만 아니라 집에서 딸을 쫓아내면서 알아서 먹고 살라고 한다. 이는 더 이상 딸을 가족으로 생각하지 않겠다는 아버지의 판단을 말해준다. 집안이 편해야 한다면서 딸을 쫓아낸다는 것은 가족에서 딸을 축출하는 것을 의미한다. 동시에, 딸이 가지고 있는 솜씨나 능력을 발휘할 수 있는 두 손을 잘라버렸다는 것은 딸을 죽을 지경으로 만들었다고 할 수 있다. 두 손이 없는 상태에서는 어떤 일도 할 수 없을 뿐더러 음식을 먹을 수조차 없기 때문이다.

(다)는 계모가 전처 딸을 쫓아내기 위해 쥐를 이용하여 모해하는 과정을 보여준다. 계모는 먹고 배가 아파 죽을 수도 있다는 돌메밀에 대한 정보를 떡 장수에게서 얻어, 전처 딸에게 돌메밀 묵을 만들어 먹인다. 돌메밀 묵을 먹은 전처 딸이 배가 아파 방구석을 사방으로 헤매니 계모가 쥐를 잡아 딸의 속곳에 넣어 임신했다가 유산했다고 음해한 것이다. (다) 자료에서 딸의 아버지는 정승이기 때문에, 결혼하지 않은 처녀 딸의 임신 사실은 아버지 개인의 충격일 뿐만 아니라 가문의 수치라는 사회적 위기를 의미한다. 계모가 이런 문제를 환기하며 딸을 죽여 물에 넣든지 어디 멀리 보내라고 한다. 계모는 이 일을 계획하고 실행한 주체이기에 이렇게 아버지에게 요구하는 것이 당연할지도 모른다. 그런데 아버지는 더욱 가혹한 결심을 하고 실행한다.

저걸 마 내가 강물에 갖다 열빼끼(19)−(넣을 수 밖에)− 없
다._ 싶어 그래 마 집에 와가주고 마 짝두로 끊어 줴일라고 마
짝두로 쓱쓱 갈았어. 갈아가주고 참 불러가주고 와가주고 그
래 지 동상을 불러 앉히놓고 그래,

"그래 사실 이렇고 너거 누부가 이런 행동을 해가주고 [영
감은 곧이 들었는 기라.] 이런 행동이 이러이 뭐 없애는 기 안
났나? 없앴뿌자."

카민서 두 손을 막 싹 끊어가주고 마 옛날에 거어 섬에다가
쪼맨한 섬에다가 옇어가주고 그래 마 동상을, 해 지고 어덥은
데 마 강물에 갖다 옇으라꼬 마 지이(20)−(지게 하여)− 보냈
뿄어. 열 서너살 묵은 지 동상을.

계모가 전처 딸에게 돌메밀 묵을 먹여 배 아프게 하고, 쥐
를 이용하여 낙태 의혹을 증명하고서, 계모는 정승 집안에서
이런 일이 있을 수 없으니 죽여 물에 넣든지 어디로 보내라고
했는데, 친아버지는 작두로 두 손을 끊어 죽일 것이라고 결단
한다. 그리고 자신의 아들이자 딸의 남동생을 시켜 누나를 강
물에 빠뜨리도록 명한다. 이는 친부가 직접적으로 딸의 죽음
을 실행하고, 아들까지 가족의 살해에 가담하도록 하는 것이
다. 이 장면은 마치 딸의 도덕적 실행(失行), 즉 임신하고 낙태
한 것에 대해 아버지가 처형을 하는 듯한 인상을 준다.

이로 볼 때, (나)와 (다)는 친아버지가 딸의 두 손을 작두로

끊어내고 집에서 쫓아내는데, 그 이유가 집안의 안위 혹은 가문의 위상을 지킨다는 가부장적 권위에 있다는 공통점이 있다. 그리고 친부에 의한 딸의 두 손 자르기는 친딸 죽이기로 연결됨을 말해준다.

〉〉〉 처녀의 두 번째 내쫓김

<손 없는 색시> 설화에서 처녀의 가족 갈등은 친정과 시댁에서 두 차례 일어난다. 첫 번째 처녀가 겪는 가족 갈등은 계모로 인해 아버지에게서 두 손을 잘리고 쫓겨나는 것으로 일단락되고, 처녀의 두 번째 가족 갈등은 두 손이 잘린 채 방황하다 만나게 된 남성의 아이를 낳으면서 발현된다. <손 없는 색시> 설화에서 처녀가 정식 혼례를 거치는지는 각편에 따라 다르게 표현된다. 문제는 처녀가 아들을 낳고서도 시댁에서 쫓겨난다는 것이다. 바로 시어머니와의 갈등 때문이다.

(가) 잔께서로 요 여자가 인제 주무일, 갯 주무일(주머니를) 디비(뒤져) 봤어. 그인제 울러미고 냉기는 그얼 디비 본께 편지가 그어 들어 있거덩.

"그래, 너 간 후로 달떡겉은 아들, 달떡겉은 아들로 낳았다. 어서 과게 해가주고 니리 온너라." …(중략)…

이래 해났거등. 그러나 요기이 가마안 생각한께, 달떡겉은 아들을 낳았다칸께 좀 범상찮거덩. 그래가주고 인자 고마 요

기이 핀지를 싹 찌아뿌리고 삐뿌리고 지가 뭐라꼬 쓴 기 아이
라,

"아이구 야야, 너 간 후로 아아 낳았다 카는 기이 눈도 코도
없고 두리 두리 뭉시이 겉은 거로 낳아났다. 이거 우예야 되겠
노?" …(중략)…

그래 '아이구 우리 어무이가 빈했는강, 암만 두리두리 뭉시
이 겉은 걸 낳아도 이래는 안 할 낀데. 우예 우리 어무이가 이
래 편지를 이래 했는공?' 싶어가주고 또 편지를 쓰기를 뭐카
는, 뭐러카는 기 아이라,

"오무이, 오무이, 두리두리 뭉시이나따나 날 가도록 나뚜이
소. 뭐 눈도 코도 없는 째본따나 날 가두룩 나뚜이소."

이래 했는 기라. …(중략)…

고 여자가 또 디비가주고 또 비잇부리고,

"아이구 어무이, 그까짓거 두리두리 뭉시이 겉으마 뭐하겠
입니까? 눈도 코도 없이마 그 뭐하겠입니까? 내쫓아 뿌리이
소."(『한국구비문학대계』 7-13)

(나) 그래 참 이 총각은 과게를 떡 갔뿄어. 과게를 갔는데,
과게를 가고 나이 참 자기 엄마가인자 딴 사람 안 보살펴, 자기
엄마가 장 인자 보살펴주는 기라. 그래 참 끼니때도 인자 와서
참 끼니를 전부 우예가 주라카고 손이 없으이께네 자기 엄마
가 참 떠믹이 주기도 하고 이래 했는데. 그러구로 참 아이 한
서너달 과게하러 가고나서 서너달 되이께네 아이 배가 또닥또

닥 불러지거든. 그 처녀가, 손도 없는 처녀가. 그러이 자기 엄마가 가마이 생각을 하이 안되겠다 말이라. …(중략)… 애기를 낳는데 참 머슴앤데 이머슴애가 참 인물이 잘났는 기라. 인물이 잘났는데 그러구로 참 도오 달 돼가주고 자기 아들도 머 올 때도 되가고, 오모 또 만약에 안 보낼라카 머 우야겠노 싶어가마 고마 마 아를 업히가 인자 보냈뿄어. 그리이 돈을 좀 마 움치가 싸고 아를 마 업히가주고 그래 보내뿄는 기라.

그래 인자 이 처자가 인자 그 아를 턱 업고 참 쫓기 나와가주고 인자 거처없이 또 간다.(『한국구비문학대계』 7-14)

(가)의 상황은 집에서 쫓겨난 전처 딸이 과거 공부하던 도령을 만나 부부가 되어 살다가 남편이 과거 보러 간 사이에 아이를 낳자, 시어머니가 아들에게 득남 소식을 편지로 보냈는데, 편지 배달꾼이 주막에서 자는 사이 계모가 편지의 내용을 바꾸어 전달한 것이다. 아들은 부인이 낳은 아들이 두리뭉실한 이상한 형태를 지니고 있다는 편지의 내용에 대해 전혀 문제 삼지 않으며, 오히려 어머니가 변했다고 생각한다. 그래서 아이가 어떻게 생겼든지 간에 자신이 돌아갈 때까지 그냥 놔두라고 하는데, 이 편지조차도 계모가 다시 바꾸어 보냄으로써 전처 딸은 이 집에서도 쫓겨나는 처지가 된다.

이 각편에서 계모는 결혼해서 아들도 낳아 잘 사는 전처 딸을 못 마땅히 여겨 그 삶도 깨뜨리려고 한다. 이 점은 <콩쥐

팥쥐전>에서 콩쥐가 감사의 부인이 된 것에 대해 계모와 팥쥐가 못견뎌하고, 마침내 콩쥐를 연못에 빠뜨리는 것과 유사성이 있다. 이는 이 각편에서의 가족 갈등은 전처 딸이 어디를 가든 계모와의 갈등이 지속됨을 말해준다. 딸은 이미 집에서 쫓겨나 새로운 가족을 만들어 살아가고 있음에도, 그 가족을 기존의 가족이 깨뜨리는 것이다. 한편으로 이러한 갈등 양상은 계모는 전처 딸의 존재가 없어질 때까지 갈등을 해소하지 못하고 계속 발현함을 보여준다.

》》 갈등의 해결 방식: 결혼과 출산, 그리고 손의 재생

<손 없는 색시> 설화에서 가족 간 갈등의 해결은 가족 내 우위에 있는 주체(계모)가 갈등 대상(전처 딸)을 두 손을 잘린 채 집에서 쫓아내는 것으로 일차적으로 해소된다. 계모는 딸을 두 손을 잘라 집에서 몰아냄으로써 죽음의 위기에 이르게 한다. 그렇지만, 이는 계모의 입장에서 이루어진 갈등의 해결로, 쫓겨난 전처 딸은 가족 갈등의 피해자가 되고 딸이 가진 갈등은 여전히 남아 있게 된다.

전처 딸은 계모와의 갈등으로 인해 아버지에게까지 버림을 받고, 두 손이 없이 살아야 하는 비참한 상황에 처한다. 딸의 입장에서 계모와의 갈등은 일방적으로 가해를 당할 수밖에 없어 스스로 자신의 문제를 해결할 수 없는 처지이다. 이

러한 전처 딸의 문제는 구원자와 같은 남성을 만남으로써 일
차적으로 해소된다. 전처 딸이 집에서 쫓겨나는 것은 버려지
고 죽음에 내몰리는 일이었지만, 집에서 나왔기 때문에 자신
의 남편을 찾게 된 것이다.

> 디리다 오마이를 줬어. 오마이 준께 하도 오마이가 처녀가
> 잘나가주고 마 탄복을 하는 기라. ‘이 좋은 처녀여, 우얘다가
> 손목이 없는공’ 싶어가주고 마악 가엾기가 한이 없어. 그래 인
> 제 머, 머리 빗기서, 땋아서, 세수 시키서, 옷 갈아 입히서 아 요
> 래 분칠꺼지 해서 앉히냈다가 고마 그 아들하고 미느리하고
> 마 머리를 얹히 줬어. …(중략)… “그래, 너 간 후로 달떡겉은
> 아들, 달떡겉은 아들로 낳았다. 어서 과게 해가주고 니리 온너
> 라.”(『한국구비문학대계』 7-13)

전처 딸의 혼인은 계모와의 갈등을 직접적으로 해결하는
것은 아니었지만, 자신이 살 길을 찾고, 편안히 쉴 수 있는 안
식처를 찾는 것이었다. 비록 두 손은 없었지만, 자신에게 밥
을 먹여주는 남편과 시어머니가 있었고, 떡두꺼비 같은 아들
을 낳는 기쁨도 얻는다. 그래서 행복한 삶을 계속 누릴 수 있
을 것 같았지만, 계모로 인한 불행이 다시 닥친다. 계모가 바
꿔 쓴 편지 때문에 전처 딸은 자신이 낳은 아들과 함께 쫓겨
나는 것이다.

이렇게 전처 딸이 쫓겨나는 것은 불행의 반복처럼도 보이지만, 이 불행은 전처 딸이 계모로 인해 얻은 상처를 회복할 기회가 된다.

노성백락(뇌성벽력)을 하민성 비가 막 댓따릇는 기라 막. 비가 막 디리 따릇는데 막 그라 뭣이 '우라라락 딱' 카미성 막 사람을 쑤서 새암에다 팍 집어 옇부렀어. [청중: 아아 업은 사람을?] 아아 업은 사람을. 새암에다 파악 주우 옇부리어 새암에마 팍 거꿀로 니리 갔븠는 기라.

이래노이 그래 그 새암에 풍덩 빠져서 보이 채다 보이 그마 확 벗기져네. (4)−하늘이 벗겨지네.− 확 벗거졌는데 거어만 먼저 쳐다 봤지. 자기 손은 안 봤는 기라. 이래가 하늘 쳐다 보고 이래 니리다 본께 손이 허여이 달리가주 있어. 손이 [청중: 손이 붙었다.] 양손이 허여이 달리가 있어서, '아이구야, 그 그거 손이 우짠 일인공 이이기 참말로 달린 손인강, 뭣인강' 싶어서 막 돌미이도 검어쥐 땡기 보고(『한국구비문학대계』 7-13)

위 장면은 전처 딸이 길을 가다 목이 말라 물을 마셨던 샘에 다시 돌아가서 물을 마시려다 뇌성벽력 때문에 아들과 함께 샘에 빠졌는데, 놀랍게도 하늘이 열리면서 두 손이 다시 붙는 과정을 보여준다. 두 손이 없어 샘에서 올라올 수도 없는 여인과 아들이었지만, 여인의 두 손이 재생함으로써 회복된다.

이러한 전처 딸의 두 손 회복은 계모로 인한 갈등에서 치유되는 의미를 지닌다 할 수 있다. 계모가 와서 용서를 빌거나 전처 딸의 갈등을 해소해 주는 행동을 한 것은 아니었지만, 집에서 쫓겨나면서 잘린 두 손의 재생은 우선 전처 딸의 삶을 다시 회복하여 마치 죽음에 이른 전처 딸의 인생이 부활하는 것처럼 보인다. 그래서 딸의 두 손이 회복되는 것은 자신 속에 있던 근본적 상처의 회복을 의미하는 것으로 볼 수 있다. 그런 면에서 전처 딸이 아들과 함께 빠진 샘은 새로운 삶을 가능하게 하는 통로로 기능한다. 전처 딸이 샘에서 쳐다본 하늘은 자신을 구원해 줄 초현실적 힘의 근원이기도 하면서 새 삶을 부여한다는 점에서 샘과 상통한다.

그래가 마 참 우야겠노 싶어가 젖을 묵을라고 울어샀재, 젖 묵는다고 니라 놓으마 자 업기도 곤란하재. 이래가 물도 묵고 젆고 이래서 한 군데 가다보이 참 웅덩 새미가 하나 있는데, 그 참 물을 좀 묵는다꼬 아를 업고, 물 묵는다꼬 업디리께네 아이 참 아가 등더리서 마 쓱 빠졌뿄거던. 웅덩이. 그래가 이 아 건진다고 손을 쓱 여이께네 거짓말인지 참말인지 손이 떡 붙었뿐다 말이라. 자기 손이 자기 손이 붙으이 얼매나 좋오노 말이라. 천지 자기는 인자 지 손 없는 그 탓이로 고민했는데. 손이 떡 붙어가 아 애로 건지가주고 참 거어서 젖을 실컷 믹이고 자

기도 물 실컨 묵고.(『한국구비문학대계』7-14)

샘을 통해 전처 딸이 두 손을 회복하는 방식은 위에서 보듯 다른 각편 [자료] 4에도 나온다. 이 자료에서도 시댁에서 젖먹이 아이와 함께 쫓겨난 전처 딸이 샘물에 손을 넣었다가 잘렸던 손이 붙는 기적 같은 일을 경험한다. 전처 딸은 젖 달라고 우는 아기 울음을 들으며 마른 목이라도 축이려고 샘에 엎드리다 아이를 샘에 빠뜨린 것인데, 샘에 빠진 아이를 건지려고 없는 손을 넣었을 때, 신기하게도 자신의 손이 샘 안에서 딱 붙은 것이다. 이렇게 [자료] 4에서도 샘은 전처 딸의 손을 재생하는 통로가 된다. 물론 [자료] 3과 달리 전처 딸은 샘에 빠지지 않고 아기만 빠진다는 차이가 있지만, 샘을 통해 잘린 손이 붙는다는 점에서는 동일하다.

전처 딸이 끊어진 손을 회복하는 것은 계모에 의한 갈등을 일차적으로 해소하는 단계라 할 수 있다. 전처 딸에게 여전히 남아 있는 과제는 두 번째 쫓겨남의 해결이다. 전처 딸은 두 손을 회복하고 아이와 함께 어느 마을에 정착한다.[41]

한편, 과거 급제하고 돌아온 딸의 남편은 자신의 집에서 쫓겨난 아내와 아이를 찾기 위해 장사를 하며 천지 사방 돌아다니다 만나기도 하고[42], 전처 딸이 지내던 집에 우연히 손님

---

41) [자료] 3에서는 전처 딸이 마고할미를 만나 딸처럼 지내게 된다.
42) [자료] 4에서는 과거에 급제하고 돌아온 남편이 아내와 아들을 찾

으로 찾아와 상봉하게 되기도 한다. 공통점은 이 남편이 자신의 아내가 아닌 아들을 보고 재회한다는 것이다. 이렇게 아들을 먼저 알아본 남편과 다시 만난 전처 딸은 두 번째 쫓겨남의 상처에서 벗어난다.

그런데 이미 오래전에 집에서 쫓겨난 전처 딸의 이야기는 그 집을 다시 찾음으로써 최종적으로 마무리된다. 전처 딸이 자신의 부모를 다시 찾아가는 계기와 결말은 자료에 따라 다른 양상을 보인다.

[자료] 3에서는 과거 급제하고 와서 자신의 아내와 아들을 다시 만난 남편이 자기 부인의 고향으로 행차를 하여 그 부모의 생존을 확인한다. [자료] 4에서는 열대여섯 살이 된 아들이 자기 어머니의 원수를 갚겠다고 외가를 찾아가서 어머니의 억울한 누명을 밝혀낸다.

> (가) 이름도 성도 없이 딸, 그래 지 이미(어미)라. 그래 그카고, 고마 그거 보내놓고 나서는 집 잘 되마 커이(12)−잘 되기는 커녕.− 망토(亡兆)가 돼가주고 영감도 그래 그 신 삼다가 그카고 할마이도 카거든. 그래 둘 다 태아가주 갔는 기라 인제.(『한국구비문학대계』 7-13)
>
> (나) 그래 쥐똥이 쏟아지이께네 아이고 지거 위조보가 고만

기 위해 수년을 찾아다닌다.

참 기가 찬다 말이라. 어이 자기 마느래 말을 듣고 자기 딸을
쫓가내가 그래 내가 참 손을, 양손을 끊어가 쫓가냈으이 내가
얼매나 죄를 지었노 싶어여 …(중략)… 자기 위조모는 그래 참
관원에 알리가주고 그 죄를 죄 닦음을 다하고 그래 참 오는 사
람 가는 사람 코를 끼이가 구경을 시기고 그래 참 원수를 갚고
집에 돌아가서 그래 잘 사더랍니더.(『한국구비문학대계』7-14)

놀라운 것은 [자료] 3의 결말인 (가)는 자신의 아들과 함께
남편과 상봉한 전처 딸은 망해서 신을 삼고 사는 아버지와 계
모를 모두 다 태우고 가서 산다는 것이다. 이는 계모가 자신
에게 두 손을 자르고 자신의 집에서 쫓아내게 했을 뿐만 아니
라, 혼인하여 아들까지 낳고 잘 사는 자신을 시댁에서 쫓겨나
도록 편지를 바꾼 악행을 했음에도 전처 딸이 계모를 내치지
않았기 때문이다.

이에 비해 (나)에서는 전처 딸이 아닌 딸의 아들이 모친의
원수를 갚겠다고 외가를 찾아가, 쥐를 이용하여 모친을 모함
한 계모의 죄를 밝히고 관가에 고발하여 처벌받게 한다. 흥
미로운 것은 이러한 결말이 <장화홍련전>과 유사한 것이다.
<장화홍련전>에서는 현명한 부사가 나타나 장화와 홍련의
원한을 풀어주는데, 이 이야기에서는 판관의 역할을 딸의 아
들이 수행한다. 이 두 자료에서 알 수 있는 특성은 전처 딸이
직접 계모를 징벌하지 않고, 심지어 계모를 용서하기도 한다

는 것이다.[43]

　이러한 결말은 전처 딸이 가진 갈등이 딸의 두 손 회복과 혼인, 아들 출생과 남편과의 재회 과정에서 매우 긍정적으로 해소되었음을 말해준다. (가)는 계모에 대해 굳이 죄과를 따지지 않고, 자신이 집에서 나온 후 비참하게 살아간 부모를 거두어 주는 긍휼을 베푼다. (나)는 전처 딸의 아들이 나서 모친에 대해 잘못 알려진 사실을 바로잡아 전처 딸의 아버지, 즉 아들의 외조부가 잘못을 깨닫게 하고 계모가 죗값을 치르게 한다.

---

43)　<손 없는 색시> 설화의 각편 비교 연구를 볼 때, 결말의 다양성은 1) 고향에 돌아와 부친과 재회하고 계모를 징벌하는 경우, 2) 백일 잔치를 열어 부친과 재회하고 계모를 징벌하는 경우, 3) 고향에 돌아와 계모를 징벌하고 부친을 모시고 신이공간으로 가는 경우, 4) 고향에 가서 부친과 상봉하고 계모를 용서하는 경우 등으로 나타난다 (김혜정, 「<손 없는 색시>설화의 유형체계: 유형, 하위유형, 상위유형의 관계를 중심으로」, 경기대학교 대학원 석사학위 논문, 2002, 25쪽 참조).

(2) 〈손 없는 처녀〉 이야기

● 〈손 없는 처녀〉 이야기 개요

<손 없는 색시> 이야기를 상호문화적으로 살피기 위해 그림형제의 동화 <손 없는 처녀> 이야기를 비교해 보기로 한다. <손 없는 색시> 이야기는 우리나라뿐만 아니라 동아시아, 전세계적으로 유포되어 향유되고 있는 설화 유형에 속한다.[44]

---

44) 황소령, 「동아시아 <손 없는 색시> 설화 비교 연구」, 서울대학교 대학원 박사학위 논문, 2023.

　　위 논문 외에도 <손 없는 색시> 이야기가 독일, 러시아, 일본, 중국 등 많은 나라의 설화로 향유되고 있음이 논의된 바 있다.
김헌선, 「<손 없는 색시>설화 유형의 비교설화학적 연구: 세계설화의 비교를 중심으로」, 『시민인문학』 11, 경기대학교 인문과학연구소, 2003.
김혜정, 「<손 없는 색시> 설화의 유형체계: 유형, 하위유형, 상위유형의 관계를 중심으로」, 경기대학교 대학원 석사학위 논문, 2002.
김환희, 「한국과 켈트의 <AT 706 손 없는 색시> 설화에 관한 비교문학적인 고찰 - 서사구조와 모티프를 중심으로」, 『민족문화연구』 73, 고려대학교 민족문화연구원, 2016.
이명숙, 「<손 없는 색시> 설화유형의 비교설화학적 연구: 러시아

<손 없는 색시> 이야기도 일반적인 광포설화가 그러하듯 보편적 특질과 독자적 자질을 지닌다.[45] <손 없는 색시> 이야기는 세계적으로 향유되어 온 광포 설화이므로, 그림 형제가 쓴 <손 없는 처녀>와 비교할 만하다고 판단된다. 이 <손 없는 처녀>도 매우 광범위한 <손 없는 색시> 유형 설화의 하나라고 보면 되겠다. 대체적인 이해를 위해 다음과 같이 <손 없는 처녀>[46]의 서사 단락을 정리해 보았다.

1. 점점 가난해져 방앗간과 사과나무 한 그루밖에 남지 않은 방앗간 주인이 나무하러 가서 노인의 모습을 한 악마를 만나, 물방앗간 뒤에 있는 것을 주고 부자가 될 것을 약속한다.

2. 방앗간 주인 부부는 악마가 요구한 것이 자신의 딸이라는 것을 뒤늦게 안다. 그 딸은 예쁘고 신앙심이 깊어 죄도 짓지 않았다.

3. 악마가 약속대로 딸을 데려가려 하였으나 목욕, 눈물 때문에 실패하자 아버지에게 딸의 손목을 자르라고 하니,

---

<팔 없는 처녀>를 중심으로」, 『시민인문학』 11, 경기대학교 인문과학연구소, 2003.
주종연, 「한국의 전래민담과 독일 Grimm 동화 와의 비교연구 (1)—손 없는 색시」, 『어문학논총』 11, 국민대학교 어문학연구소, 1992.
[45] <손 없는 색시> 설화는 아르네 톰슨에 의하면 켈트 지역에 전하는 AT 706 유형의 설화이다.
[46] 여기서 바탕으로 한 자료는 '그림 형제 지음, 김열규 옮김, 『어른을 위한 동화 그림 형제 동화전집』, 현대지성, 2023, 250~257쪽.'이다.

딸이 자르라고 한다.

4. 딸의 두 손목을 잘랐으나 딸의 눈물로 온몸이 젖어 악마가 포기하고 떠나자, 딸은 집을 떠나겠다고 한다.

5. 길을 떠난 딸은 천사의 도움으로 어느 왕궁의 정원으로 들어가 배나무에 열린 배를 먹고 수풀에 몸을 감춘다.

6. 왕은 매일 배의 수를 세었는데, 배가 하나 없어진 것을 알고 정원사에게 확인한다. 숨어서 모든 것을 지켜봤던 정원사의 말을 듣고 밤에 몰래 숨어서 지켜본 왕은 그녀를 만나고 궁으로 데려가 아내로 삼고 은으로 두 손을 만들어 준다.

7. 1년쯤 뒤 왕은 전쟁터에 나가게 되어 자신의 어머니에게 왕비를 부탁한다.

8. 왕비가 아들을 낳자 어머니가 편지로 왕에게 소식을 전하려고 사신을 보낸다.

9. 사신이 가다가 깜빡 잠시 잠든 사이에 악마가 왕비가 괴물을 낳았다고 편지 내용을 바꿔 놓는다.

10. 편지를 받은 왕이 몹시 놀라지만, 돌아갈 때까지 왕비를 잘 보살펴달라고 답장한다.

11. 답장을 갖고 가던 전령은 또 잠깐 잠드는데, 악마는 왕비와 아들을 죽이라는 내용으로 편지를 바꾼다.

12. 어머니는 편지 내용을 믿을 수 없어 다시 왕에게 편지를 보냈으나 번번이 같은 내용으로 답장을 받고, 마지막에는

왕비의 혀와 두 눈을 뽑아 간직해 두라 하였다.

13. 왕비는 편지대로 할 수가 없어 암사슴의 혀와 눈을 빼고, 왕자와 왕비를 궁에서 내어 보낸다.

14. 왕비는 숲에서 천사의 안내로 어느 집에 가서 7년 동안 편하게 지낸다.

15. 7년이 지나는 사이 하나님에 대한 신앙과 하나님의 은총으로 왕비의 두 손이 다시 자라난다.

16. 전쟁에서 돌아온 왕은 어머니를 통해 모든 사실을 확인하고 왕비와 왕자를 찾아 나서 7년간 떠돌아다닌다.

17. 어느 큰 숲에서 왕은 천사를 통해 왕비와 아들을 만나 궁으로 돌아와 두 번째 결혼식을 올리고 행복하게 산다.

● 〈손 없는 색시〉와 〈손 없는 처녀〉의 가족 갈등 비교

독일의 그림 형제가 정리한 〈손 없는 처녀〉와 비교할 만한 우리나라 설화 〈손 없는 색시〉 각편은 [자료] 4이다.[47] [자료] 4 〈전처 딸을 모해한 악독한 계모〉와 그림 형제의 〈손 없는 처녀〉의 등장인물을 비교해 볼 때, 〈손 없는 처녀〉에는 계모가 등장하지 않는 대신 악마가 등장한다는 점이 특징적이다. 가족 구성을 보면, 〈손 없는 처녀〉는 아버지인 물방앗간의 주인, 그리고 아내와 아름답고 선한 딸인데, 〈전처 딸을 모해한 악독한 계모〉는 아버지와 딸, 그리고 계모이다. 그래서 가족 갈등의 유발 주체가 〈손 없는 처녀〉에는 악마와 아버지이고, 〈전처 딸을 모해한 악독한 계모〉에는 계모와 아버지이다.

이 두 이야기 모두 친부에 의한 딸의 두 손목 자르기라는 가정 내 참사를 중심으로 가족 갈등이 전개되는데, 〈손 없는 처녀〉에서는 아버지가 부자가 되기 위해 악마에게 딸을 내어주는 거래를 하여, 아버지 손에 의해 딸의 두 손목이 끊어진다. 악마가 딸을 못 데려가자 두 손목을 가져가려 했기 때문이다. 이에 비해 〈전처 딸을 모해한 악독한 계모〉에서는 계모가 일 잘하는 의붓딸을 쫓아내고 싶어 점쟁이 말을 언급

---

[47] 이는 서사 전개상 유사성이 많기 때문이다. 이에 이 장에서는 우리나라 〈손 없는 색시〉 자료로는 주로 [자료] 4를 활용하기로 한다.

하여 친아버지로 하여금 딸의 두 손을 작두로 자르게 한다. 그리고 집에서 퇴출한다.

이렇게 볼 때 이 두 이야기는 친아버지가 친딸의 두 손목을 경제적 이유로 자른다는 공통점이 있다. 그리고 <손 없는 처녀>의 악마 역할이 우리나라 설화에서는 계모로 설정되어 있다는 차이가 있다. 또한 딸이 집에서 나가는 방식에도 차이를 보이는데, <손 없는 처녀>에서는 딸의 자발적 선택으로 출가하는 방식임에 비해 <전처 딸을 모해한 악독한 계모>에서는 계모와 아버지에 의해 방출되는 방식이다.

이러한 <손 없는 처녀>에서의 가족 갈등은 집이 가난해져 방앗간과 사과나무밖에 없는 남성에게 외부적 요인으로 악마가 그 딸을 요구하고, 딸을 데려가지 못하자 두 손목을 끊게 하는 외적 갈등의 양상을 보인다. 문제는 아버지의 선택과 딸의 태도이다. 친딸을 요구하는 악마에게 아버지는 더 이상 저항하지 못하고, 딸의 행위에 의해서만 위기 극복의 가능성이 점쳐진다. 왜 아버지의 거래 때문에 딸의 생명이 위험에 빠지고 두 손목이 잘려 나가는 참혹한 일을 당하는지 아무도 질문하지 않는다. 아버지나 어머니나 악마의 요구에 무기력하게 순응한다. 그렇지만 딸은 자신의 목욕과 눈물로 악마를 물리치고, 그 대가로 두 손목이 잘린다.

잔인한 점은 악마의 요구이기는 하지만, 아버지의 손으로 딸의 두 손목을 자른다는 것이다. 아버지가 딸의 두 손목을 자르는 이유는 자신이 악마에게 끌려가지 않기 위해서이기 때문에 매우 이기적인 것이다. 딸의 손목 대신 아버지를 데려가겠다는 악마의 겁박 때문이기는 하지만, 애초의 약속이 악마에게 딸을 허락한 데에서 비롯되었다는 점을 고려하면, 아버지는 딸보다 자신을 더 중요하게 여기는 사람이다. 딸에게 양해를 해 달라며 용서해 달라고 말하는 아버지의 모습이 과연 아버지로서의 선택이라고 할 수 있는지 의문을 준다. 딸은 오히려 선선히 수긍한다.

그래서인지 딸의 두 손목을 끊어내고 마침내 부자가 된 아버지가 이제는 너를 평생 즐겁게 살게 해 주겠다는 제안을 하지만 딸은 거절한다. 더 이상 아버지의 집에서 머무를 수 없다며, 오히려 세상 사람들의 친절에 의지하며 살아가겠다고 하는 것이다. 이렇게 <손 없는 처녀>의 딸은 자발적 선택으로 집을 떠나, 드넓은 세상으로 향한다.

길을 떠난 딸이 헤매다 만난 곳은 왕궁이다. 배가 고팠던 딸에게 가장 절실한 것은 왕궁의 정원에 있는 배나무에 열린 배였다. 이 배를 먹음으로써 딸은 왕의 아내, 즉 왕비가 된다. 이러한 배나무에 열린 배라는 과일을 통해 혼인 대상자를 만나는 방식은 <손 없는 처녀>나 <전처 딸을 모해한 악독한 계모>나 마찬가지이다. 우리나라 <손 없는 색시> 설화 유형의 대부분에서 집 떠난 딸이 남편을 만나는 계기는 배나무에서 배를 따 먹었기 때문이다.[48]

 가족 갈등 서사의 상호문화적 이해

두 손이 없는 여인이 어떻게 배나무에 올라가 배를 먹었을지 생각해 보면, 매우 지난한 일이라는 것을 알 수 있다. 그렇지만 배고파서 기를 쓰고 한 입 먹은 배 덕분에 여인은 남편을 만나 새로운 가정을 꾸리고 행복의 길로 들어선다. <손 없는 처녀>에서는 배나무를 통해 딸이 왕비가 되고, <전처 딸을 모해한 악독한 계모>에서는 딸이 좋은 가문의 선비와 결연한다.

그런데 이 이야기의 반전은 딸의 혼인이 단순한 행복한 결말로 이어지지 않는다는 것이다. 딸이 결혼하여 만들어진 새로운 가정에서는 부모와 자식 간이 아닌, 부부 관계와 시어머니 관계에서 갈등이 일어난다. 그 원인은 전쟁이라는 외적 요인과 편지 바꿔치기라는 악마의 개입에 의한 것이다.

전쟁에 참여하기 위해 떠나면서 왕은 자신의 어머니에게 임신한 왕비를 보살펴달라고 부탁한다. 왕비는 잘생긴 아들을 낳았지만 시어머니가 남편에게 보내는 편지 내용이 악마에 의해 괴물을 낳았다는 것으로 바뀌고, 그럼에도 불구하고 왕이 왕비와 왕자를 자신이 갈 때까지 잘 보살펴달라고 답장하자 그 편지도 악마의 악한 의도로 왕자와 왕비를 죽이라는 내용으로 바뀐다. 왕과 그 어머니 사이에서 서로가 갖고 있는 믿음으로는 이런 편지를 보냈을 리 없다고 생각하지만, 몇 번

---

48) 배나무가 아닌 감나무인 경우도 있다.

이나 확인해도 마찬가지 내용으로 온다. <손 없는 처녀>의 시어머니는 며느리와 손자를 왕의 손에서 도피시키고 사슴의 혀와 눈[49]으로 왕비의 것인 것처럼 증거를 꾸민다.

<전처 딸을 모해한 악독한 계모>에서도 <손 없는 처녀>에서처럼 남편이 과거를 보기 위해 떠나고, 그 사이 아들을 낳은 며느리가 편지 바꿔치기 때문에 시어머니에게 쫓겨난다. 차이가 있다면, 편지를 바꿔치기 하는 주체가 <전처 딸을 모해한 악독한 계모>에서는 계모라는 점, 바뀐 편지의 내용이 죽이라는 것이 아니라 며느리를 쫓아내라는 것이었다는 점이다. 이러한 편지 내용의 문제는 부부 관계를 갈라놓는 것이면서 시어머니와 며느리의 관계를 끊는 것이다. 그래서 바뀐 편지는 가족 갈등을 비화시켜 가족 관계를 끊게 하는 기능을 한다.

이렇게 가족이 해산되는 위기에 봉착할 즈음 돌아온 남편은 <손 없는 처녀>와 <전처 딸을 모해한 악독한 계모>에서 공통적으로 아내와 아들을 찾아 방랑길을 떠난다. 그리고 남편은 아내, 아들을 만나 집으로 돌아오고 자신의 어머니와 다시 온전한 가족이 되어 행복한 삶을 살아감으로써 모든 갈등이 해소된다. 결말부의 차이를 본다면, <손 없는 처녀>에

---

49) 어떤 사람의 죽음을 증명하기 위해 눈, 혀, 간과 같은 신체 장기를 요구하는 방식은 이후에 살펴볼 <약 되는 아들 간>에서도 볼 수 있어 흥미롭다.

서는 새로이 구성된 가족-시어머니, 남편, 아들-이 회복되면서 모든 서사가 종결되지만, <전처 딸을 모해한 악독한 계모>에서는 딸의 원래 가족, 즉 아버지와 계모까지 새로운 가족에 합류시킨다는 것이다.

한편, <손 없는 처녀>와 <전처 딸을 모해한 악독한 계모>에서 두 번째 집에서 쫓겨난 딸이 찾게 된 공간이 흥미롭다. <손 없는 처녀>에서는 천사의 인도로 '누구나 마음대로 들어올 수 있는 집'이라는 문패가 걸린 오두막에서 왕비와 아들이 안식을 얻는다. 한편 <전처 딸을 모해한 계모>에서 시어머니에게 쫓겨난 딸은 아들과 함께 마고할미의 공간에서 새로이 어머니를 만난 것처럼 행복을 누린다. 이 과정에서 이 두 편의 이야기 주인공 여성은 모두 잘렸던 두 손이 회복된다.

이러한 <손 없는 처녀>와 <전처 딸을 모해한 악독한 계모> 이야기는 딸이 가정에서 두 번이나 집을 나와 헤매지만, 두 번째 이룬 가족-남편-을 통해서 행복을 맞이하는 여성 수난과 극복의 서사라 할 수 있다.

<손 없는 처녀>와 <전처 딸을 모해한 악독한 계모> 이 두 자료를 비교해 볼 때, 이러한 유형의 이야기가 지니는 보편적 서사 구조는 두 번에 걸친 딸의 집 나감과 방랑을 시작으로 전개되는 갈등의 해결 과정이다. 즉, 첫 번째는 친부로 인해, 두 번째는 시어머니에 의해 딸은 집을 떠나게 되는데, 이후 서사에서 딸이 두 손과 함께 상실한 가족을 어떻게 다시 만나 가정을 회복되는지가 전개된다.

이 두 이야기의 여주인공 모두 첫 번째는 두 손이 잘린 채로 집을 나가고, 두 번째에는 자신이 낳은 아이와 함께 쫓겨난다. 딸이 아들과 함께 쫓겨나는 두 번째 계기는 딸이 아들 낳은 소식을 전하는 편지 내용의 왜곡 때문이라는 공통점도 지닌다. 이렇게 두 이야기는 집에서 나간 딸이 어떻게 새로운 가족을 이루고, 고난을 통해 온전한 가족을 회복해 나가는지에 대한 서사라 할 수 있다.

여기서 '친아버지'의 역할을 통해 상호문화적 의미를 생각해 볼 수 있다. 어떤 가정이든 가장인 아버지가 있고, 자식이 있다. 그런데 이 이야기들은 어떤 문화권에서든지 가정 내 문제－이들 이야기에서처럼 경제적 형편－가 발생했을 때 아버지가 자식의 존재 혹은 생명을 중시하는지, 가문이나 가장의 존재를 중시하는지 등 결정하기 어려운 질문을 던진다고 할 수 있다. 이 두 이야기 모두 아버지가 딸의 두 손목을 자르는 선택을 내린다. 이는 딸이 친아버지에 의해 버려짐을 의미한다.

한편 집을 떠난 딸이 혼인하는 것은, 아버지라는 예전 가장 대신 '남편'이라는 새로운 가장을 얻음을 보여준다. 그렇지만, 남편이 길을 떠난 사이에 딸은 다시금 집에서 쫓겨난다는 점에서 남편에 의한 1차적 구원이 불완전함을 말해 준다. 아들과 함께 쫓겨난 딸은 천사의 인도로 숲속 오두막, 혹은 마고할미의 공간에서 비로소 안식을 얻는다. 그래서 남편 없는 곳에서의 2차 구원은 초월적 공간이라는 완벽한 곳에서 이루어진다고 할 수 있다.

이렇게 초월적 공간에서 지내던 두 이야기의 주인공인 딸은, 잘린 두 손도 회복하고, 남편도 다시 만난다. 이 두 이야기의 남편들은 공통적으로 아들과 함께 떠난 아내를 찾아 방랑 생활을 하고 스스로의 선택과 노력으로 상봉한다.

아내의 잘린 두 손은 하느님에 의해 혹은 하늘에서 다시 내려와 붙어 초현실계의 개입이 나타나는데, 여기서 두 이야기가 지니는 신앙적 의미를 찾을 수 있다. 모두 초현실적 존재, 하늘이나 하느님과 같은 천상계의 개입으로 딸의 두 손이 재생되고, 버려졌던 가정으로의 복귀가 이루어진다. 그런데 그 재생과 회복의 동력에는 차이가 있는데, <손 없는 처녀>는 여인의 신앙심이며, <전처 딸을 모해한 악독한 계모>는 여인의 아들에 대한 모성, 희생이다.

　이는 이 이야기들이 '거룩함'과 관계있음을 보여준다. <손 없는 처녀>는 애초에 악마의 유혹으로 딸의 생명을 거래하였으나, 악마가 딸을 데려가는 데 실패하자 두 손목이 잘린다. 악마가 딸의 아버지와 이미 거래를 마친 딸을 데려가는 것에 왜 실패했을까? 악마라면 사람보다 훨씬 강한 능력을 가진 존재인데 딸을 데려가지 못했다는 것은 신기한 일이다.

　그 과정을 보면, 첫 번째 악마의 시도 때는 딸이 목욕을 했기 때문에 딸이 백묵으로 그은 선에 다가가지도 못했고, 두 번째 악마의 시도 때는 딸이 자신이 흘린 눈물로 세수를 하였기 때문이다. 악마가 첫 번째 실패 후에 "당신 딸이 다시는 목욕을 하거나 세수를 하지 못하게 하시오. 당신 딸이 몸에 물을 묻히면 나는 그 애한테 힘을 쓸 수가 없으니까."[50]라고 하는데, 이는 "물로 씻는 행위"가 거룩함을 부여하는 것임을 시사한다. 즉 "물"이라는 것이 악마가 좋아하는 죄성이나 더러움을 씻어내는 기능을 하기에[51], 악마가 감히 거룩해진 딸에

---

50)　그림 형제 지음, 김열규 옮김, 『어른을 위한 동화 그림 형제 동화전집』, 현대지성, 2023, 251쪽.

51)　이러한 '물'의 정화 기능은 신체적으로는 '눈물'에서, 종교적으로는 '세례'에서 볼 수 있다. 우리 몸에서 눈물은 눈에 끼인 이물질을 씻어내는 기능을 한다. 한편 세례는 기독교 의식의 하나로, 죄인인 인간이 하나님의 자녀로 다시 태어났음을 확인하는 예식이다. 가톨릭, 성공회, 장로교 등 기독교의 하위 교파에 따라 세례에서 물을 활용하는 방법 ― 머리에 뿌리기, 물을 붓기, 몸을 물에 담그기 등 ―

게 접근하지 못하는 것이다. 이렇게 <손 없는 처녀>에서 딸이 악마를 물리친 방법을 '물', '눈물', 깊은 신앙심으로 죄를 짓지 않는 '거룩함'에서 찾을 수 있다.

<전처 딸을 모해한 악독한 계모>에서 '물'은 아이를 빠뜨려 잃을 위기를 겪는 상실의 공간이지만, 하늘에서 손이 내려와 다시 두 손을 회복하는, 재생이라는 성스러운 일이 벌어지는[52] 하늘과 연계된 공간이다. 물을 통해 딸은 잃을 뻔한 아이를 찾고, 자신의 두 손도 찾는 것이다. 그래서 <전처 딸을 모해한 악독한 계모>에서 물은 딸이 자신의 자식을 위해 스스로의 목숨도 아까워하지 않는 희생 정신과 모성을 보여주는 통로가 된다.

이렇게 두 이야기에서 두 손의 회복, 재생은 천상계, 하느님 개입으로 가능하기에 초월자에 대한 의식, 관념을 보여준다고 할 수 있다.

특히 결말을 볼 때, 이 두 자료의 경우 악의 징치보다는, 여주인공의 새로운 가족 구성과 두 손의 회복, 그래서 온전한

에는 차이가 있으나, 물을 통해 죄를 씻는다는 정화의 의미가 있다는 공통점을 볼 수 있다. 물로 세례를 받음으로써 죄에서 벗어나 거룩한 하나님의 자녀가 될 수 있는 것이다.

52) 주종연도 색시가 손을 회복하는 우물이 동굴과 같은 성스러운 공간의 의미를 지니고, 샘물 역시 정화나 풍요, 생생력의 의미를 지닌다고 하였다(주종연, 「한국의 전래민담과 독일 Grimm 동화와의 비교연구 (1)-손 없는 색시」, 『어문학논총』 11, 국민대학교 어문학연구소, 1992, 33쪽.).

삶을 이루는 데 의미를 둠을 알 수 있다. 딸을 쫓아낸 시어머니나, 원래 자신을 버렸던 부모에 대해 관용을 베푸는 것이 이를 말해 준다. 이는 여성이 나고 자란 가족 내 갈등이 새로운 가족을 이루는 계기가 되지만 새롭게 만들어진 가정에서도 여전히 존재할 수밖에 없다는 진실을 말해 준다. 그러면서도 그 가족 갈등은 가족 구성원의 노력과 이해를 통해 해소될 수 있음을 보여준다 하겠다.

 가족 갈등 서사의 상호문화적 이해

아들의 죽음을 탐하는 이야기

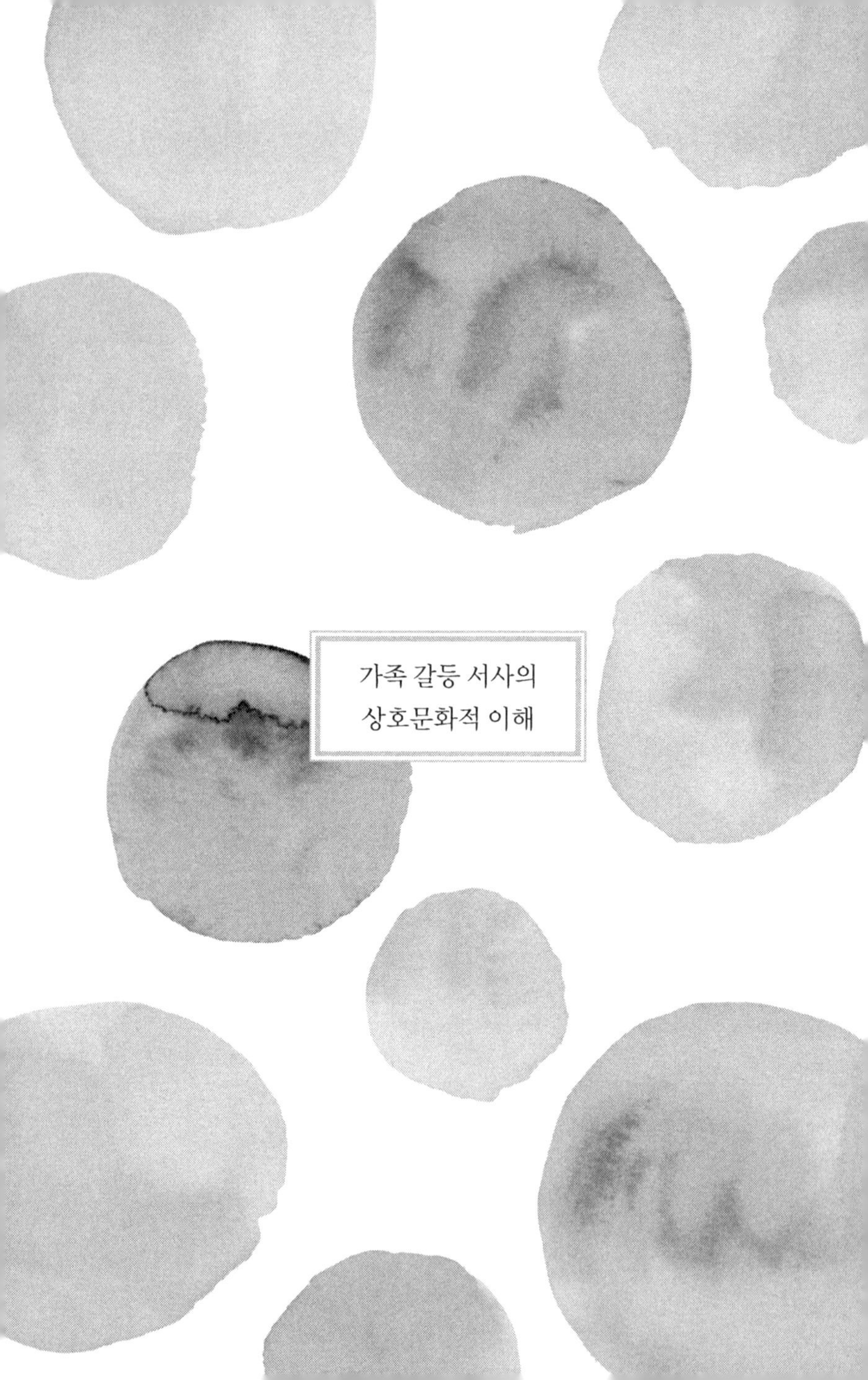

가족 갈등 서사의
상호문화적 이해

(1) 〈약 되는 아들 간〉 이야기

〈약 되는 아들 간〉 설화

<약 되는 아들 간> 설화는 <전실 자식 간을 먹으려는 계모> 설화, <간 뺏길 뻔한 전처아들> 등으로 지칭되는 것으로[53], 이 유형의 설화는 계모와 전처의 아들 사이에 일어나는 갈등이 '간'이라는 신체 장기를 두고 전개되는 서사 내용을 갖고 있다. 계모가 재혼한 가정에 있던 전처의 아들에 대해 그 간을 먹어야 자신의 병이 낫는다고 거짓 칭병한다는 데에서 살해 시도, 식인 등의 모티프를 발견할 수 있다. 이러한 설화는 계모가 가정에서 자신이 낳지 않은 아들에 대해 반인륜적인 행위를 서슴없이 행하는 충격적이면서 무서운 사건을 다루면서도, 그 아들이 다른 곳에서 장성하여 잘 산다는 결말

---

53) 이렇게 여러 명칭으로 불리고 있는 설화이기에 이 글의 서술 과정에서는 <약 되는 아들 간>으로 통일하여 서술하고, 각편을 지칭할 때에는 해당 이야기의 제목을 사용하기로 한다.

을 보여 특징적이다.

<약 되는 아들 간> 설화도 세계 보편 설화로, 우리나라에도 자료가 비교적 풍부한 편이다. 보편적 모티프로 이야기하자면, 이 설화는 아들 살해, 부친 살해 등 친족 살해 모티프와 관련된다. <약 되는 아들 간> 설화 자료는 명칭도 다양하고, 연구자에 따라 수집, 제시한 목록에 차이가 있어 주요 연구를 중심으로 정리해 볼 필요가 있다.

박연숙[54]은 계모설화의 한 유형으로 우리나라 설화 <약 되는 간>과 일본 설화 <의붓자식의 간 내기>를 비교 분석하였다. 박연숙이 제시한 <약 되는 간>형의 설화는 <약 되는 아들 간>의 명칭을 다르게 한 것으로 임석재전집『한국구전설화』와『한국구비문학대계』,『옛날이야기꾸러미3』[55] 등에 수록된 자료에서 총 23편을 찾았다. 이들 23편의 자료를 모티프를 중심으로 비혼인담형, 혼인담형, 변신형 등의 3유형으로 나누어 유형별 서사의 구성을 체계화하였다.

김혜정[56]은 <약 되는 아들 간> 설화를 <전실 자식 간을 먹으려는 계모> 설화로 명명하고, 이 설화가 대체로 전반부 서사가 유사하고 후반부 서사에 차이가 있다는 점에 착안하여,

---

54) 박연숙,「한국과 일본의 계모설화(繼母說話) 비교 연구」, 계명대학교 대학원 박사학위 논문, 2010.
55) 최인학, 엄용회 편저,『옛날이야기꾸러미3』, 집문당, 2003.
56) 김혜정,「'전실자식 간을 먹으려는 계모' 설화에 나타난 가족 갈등의 양상과 대안적 가족관계」,『국제어문』56, 국제어문학회, 2012.

후반부 서사에서 아들이 어떻게 되느냐에 따라 과거급제형, 혼인확대형, 이산상봉형, 모자연대형 등으로 나누어 자료를 분류하였다. 각 유형별 편수는 과거급제형은 8편, 혼인확대형은 4편, 이산상봉형 4편, 모자연대형 3편으로, 총 19편의 자료를 제시하였다.

이후의 연구에서 김혜정[57]은 임석재 전집『한국구전설화』와 『한국구비문학대계』에 수록된 자료에서 30편을 추출하였다. 이는 이제까지 알려진 <약 되는 아들 간>에 해당하는 설화 자료로 가장 많은 편수이다.

김정애[58]는 <약 되는 아들 간> 설화를 <간 뺏길 뻔한 전처아들>[59]이라는 명칭으로 다루며『한국구비문학대계』에 수록된 자료 9편을 바탕으로, <간 뺏길 뻔한 전처아들>과 결합하여 새로이 만들어진 서사 유형을 1)<어사가 된 막내사위>, 2)<삼정승 딸을 만나 목숨을 구한 총각>, 3)<부잣집 문둥이 대신 장가간 아들>과 <허벅지살 베어 문둥이 남편 먹인 아내> 등 3가지로 나누고, 해당 자료 5편 정도를 분석하였다.

이 글에서는 이제까지의 연구를 통해 밝혀진 이러한 각편

---

57) 김혜정,「'약 되는 아들의 간' 설화에 나타난 친족 살해 모티프와 카니발리즘에 대한 설화적 각성」,『溫知論叢』 57, 온지학회, 2018.
58) 김정애,「설화 <간 뺏길 뻔한 전처아들>과 결합하는 서사 양상과 그 문학치료적 의미」,『겨레어문학』 63, 겨레어문학회, 2019.
59) 이 명칭은『문학치료서사사전 1』(정운채 외, 문학과 치료, 2009)에서 사용한 것이다.

들 중『한국구비문학대계』수록 자료를 중심으로 <약 되는 아들 간> 설화 자료 현황을 다음과 같이 정리해 보았다.

1. 계모 오해로 쫓겨난 아들의 입신담(『한국구비문학대계』 7-16, 51쪽.)

2. 계모의 흉계(『한국구비문학대계』 7-4, 236쪽.)

3. 금송아지가 된 아기(『한국구비문학대계』 7-1, 260쪽.)

4. 금송아지와 악독한 계모(『한국구비문학대계』 7-13, 318쪽.)

5. 망나니 덕에 살아서 어사된 이야기(『한국구비문학대계』 7-11, 394쪽.)

6. 박문수 이야기(3)(『한국구비문학대계』 7-3, 434~439쪽.)

7. 백정 덕에 살아난 아들(『한국구비문학대계』 7-16, 54쪽.)

8. 본부인이 죽인 첩자식의 환생(『한국구비문학대계』 3-2, 333쪽.)

9. 북두칠성의 유래(『한국구비문학대계』 5-1, 476쪽.)

10. 사위가 된 머슴(『한국구비문학대계』 1-1, 486~490쪽.)

11. 산열녀각(『한국구비문학대계』 7-6, 353쪽.)

12. 설원한 부인(『한국구비문학대계』 8-1, 256쪽.)

13. 세 번 죽인 전실 자식(『한국구비문학대계』 1-4, 814쪽.)

14. 세 형제 애기(『한국구비문학대계』 4-1, 545쪽.)

15. 송아지로 다시 태어난 사람(『한국구비문학대계』 5-1, 474쪽.)

16. 악한 계모와 아들의 갚음(『한국구비문학대계』 7-9, 1025쪽.)

17. 육홍점 이야기(『한국구비문학대계』 7-12, 62쪽.)

18. 이붓 엄마와 노루의 간(『한국구비문학대계』6-6, 686쪽.)

19. 인간을 먹어야 낫는다는 이붓어미(『한국구비문학대계』6-6, 678쪽.)

20. 죽음을 모면한 서모 아들의 고진감래(『한국구비문학대계』7-18, 114쪽.)

21. 첩과 간부의 흉계(『한국구비문학대계』4-4, 772쪽.)

22. 포악한 계모(『한국구비문학대계』6-5, 236쪽.)

23. 전실자식 간 빼려는 계모(『한국구비문학대계』[60])

24. 전실 자식을 죽인 계모(『한국구비문학대계』[61])

25. 소 허물 벗은 아들(『한국구비문학대계』8-10, 226쪽.)

<약 되는 아들 간> 설화로 30편을 제시한 김혜정의 연구[62]에서는 이들 각편을 1) 과거급제형, 2) 혼인확대형, 3) 형제 상봉형, 4) 칠성풀이형, 5) 송아지 아들형으로 분류하였다.

---

[60] 이 자료는 한국학통합플랫폼의 한국 구비문학 대계(https://kdp.aks.ac.kr/gubi)에 탑재되어 있는 것으로 황루시, 유명희, 박현숙, 윤준섭에 의해 2010. 01. 22에 조사되었으며, 제보자는 이종순, 조사지역은 강원도이다.

[61] 이 자료는 한국학통합플랫폼의 한국 구비문학 대계(https://kdp.aks.ac.kr/gubi)에 탑재되어 있는 것으로 김균태, 강현모, 김태이, 김범면, 정다솜에 의해 2015. 02. 16에 조사되었으며, 제보자는 심이반, 조사지역은 해외(우즈베키스탄의 시온고 마을)이다.

[62] 김혜정, 「'약 되는 아들의 간' 설화에 나타난 친족 살해 모티프와 카니발리즘에 대한 설화적 각성」, 『溫知論叢』57, 온지학회, 2018.

그에 따라 위에 제시한 자료 번호를 연결해 보면, 과거급제형에는 2, 4, 6, 7, 18, 19, 21, 22이, 혼인확대형에는 1, 5, 10, 17, 20이, 형제상봉형에는 11, 14, 16이, 칠성풀이형은 9, 송아지아들형은 3, 8, 12, 13, 15, 25 등이 해당된다. 이로 볼 때, 이 5가지 유형 중 '과거급제형'이 각편의 수가 가장 많다.[63]

이러한 유형 분류는 연구자에 따라 다를 수도 있겠지만, <약 되는 아들 간> 설화 유형이 보이는 다양성은 계모에게 간을 뺏길 뻔한 아들이 어떻게 죽을 위기를 모면하는가, 그리고 죽음의 위기를 넘긴 아들이 어떤 인생을 살아가는가, 최종적으로 자신을 죽이려 한 부모와 은혜를 베푼 사람에게 어떤 태도를 보이는가 등에 대한 서사적 응답에서 비롯된다.

<약 되는 아들 간> 설화 중 가장 특이한 유형이 김혜정의 분류 명칭으로는 '송아지아들'형, 박연숙의 분류 명칭으로는 '변신형'이다. 이 유형의 <약 되는 아들 간> 설화의 대체적 내용은 전처가 낳은 자식을 후처가 미워하여 전처 자식을 연못에 빠뜨려 죽이지만, 개구리, 피, 송아지 등으로 환생하고, 후처가 꾀병을 부려 송아지 간을 먹어야 한다고 하여 남편이 백정을 시켜 송아지 간을 내라고 하지만, 백정이 가짜 간을

---

63) 김혜정은 『한국구비문학대계』와 함께 『한국구전설화』까지 포함하여 <약 되는 아들 간> 설화에 해당하는 각편을 헤아려 보았을 때에, 5가지 유형 중 가장 많은 것은 '과거급제형'이라 하였다(김혜정(2018), 위의 글.).

 가족 갈등 서사의 상호문화적 이해

이용하여 송아지를 살려주자, 살게 된 송아지는 양반집의 사위가 되고, 신혼 첫날밤에 허물을 벗고 남자로 변신하여, 마침내 정승이 되고 계모를 징벌하고 잘 산다는 것이다. 이 유형은 기본형에서 변이된 서사적 특성을 지니면서 가장 잔혹한 성격을 지닌다고 할 수 있겠다.

여기서 가장 기본형으로 보이는 <약 되는 아들 간> 설화 유형은 혼인담이 없는 경우로, 전처 아들이 계모에게 간을 빼앗길 위기에 처하지만, 백정 부부가 아들의 목숨을 구하고, 아들은 과거에 급제하여 자신의 부모와 함께 백정 부부도 잘 봉양했다는 결말을 보인다. 위의 자료 중 몇 편을 선택하여 서사 단락을 정리해 보았다.

>> [자료] 19. 인간을 먹어야 낫는다는 이붓어미(『한국구비문학대계』 6-6)

1. 상처한 남자가 아들이 3살 되자 재혼했다.

2. 재혼한 마누라는 아들 형제를 낳았고, 전처 아들은 공부를 잘했다.

3. 하루는 마누라가 배가 아파 죽겠다면서, 인간(人肝)을 먹어야 살겠다고 한다.

4. 남편은 새 마누라 병을 고치기 위해 전처의 아들의 간을 주기로 한다.

5. 남편은 전처 아들에게 외갓집을 간다고 하고서는 백정에

게 데려가서, 아들을 죽여 간을 내주면 집 앞의 논을 10마
지기 주겠다고 했다.

6. 백정이 아이를 죽이려고 하자, 백정 마누라가 아들 대신
개의 간을 꺼내어 주라고 한다.

7. 백정은 아들을 잘 공부시켜 서울에 과거를 보냈는데, 급제
하여 공부하던 집 딸과 결혼하고 고향에 내려왔다.

8. 아들이 백정 집에 가서 인사하고, 칼을 가지고 원래 자기 집
에 가서 아버지만 살려두고, 계모와 형제를 죽였다.

9. 아들은 아내와 백정과 백정의 아내를 다 싣고 올라가 집을
지어 참다운 부모, 참다운 아들로 잘 살았다.

이 <약 되는 아들 간> 설화는 계모로 들어온 여성이 아들
형제를 낳고서도 전처의 아들이 뛰어남을 보고 죽이고 싶어
꾀병을 부려 아들 간을 요구했다는 이야기로 시작된다. 아들
의 아버지는 계모의 꾀병을 낫게 하겠다고 백정에게 자기 아
들의 간을 내어오면 큰 값을 치르겠다고 한다. 그렇지만 백정
아내의 만류와 지혜로 아들은 살아나고, 과거 급제하고 혼인
도 하여 집으로 돌아와 자신의 간을 빼려 한 계모와 동생들을
잔혹하게 죽인다는 결말을 보여준다.

<약 되는 아들 간> 설화 각편들 중에서는 이러한 서사 전
개를 보이는 경우가 상대적으로 많아, 기본형 설화로 보인
다.[64] 즉 '계모의 꾀병 – 약으로 아들 간을 뺏으려 백정에게

의뢰-개의 간으로 대체-과거급제한 아들-부모 징치'로
주요 서사 전개를 보이는 설화이다. <약 되는 아들 간> 설화
가 보이는 특징은 간을 빼앗길 뻔했다가 살아서 성공해 돌아
온 아들이 계모, 그리고 계모와 관련된 사람들에게 직접적으
로 징벌하는 장면이 매우 잔혹하다는 것이다. 아들의 간을 내
어 죽이겠다는 시도도 매우 잔인하지만, 죽을 뻔한 아들이 다
시 돌아와 계모에 대해 직접적으로 보복하는 결말도 이루 말
할 수 없이 폭력적이고 잔인하다.

》》 [자료] 23. 전실자식 간 빼려는 계모(『한국구비문학대계』)

1. 옛날에 꼭대기에는 백정이, 밑에는 영감과 아들, 의붓어
   머니와 딸이 살았는데, 아들이 백정네 집에서 한문 서당
   에 다니면서 공부했다.
2. 계모가 남편을 속이기 위해 딸에게 지랄하는 병에 걸린 척
   하라고 했다.
3. 계모가 백정네 집에 가서 자신의 딸에게 약이 되니 아들의
   간을 내어달라고 했다.
4. 백정은 남의 자식이라도 어떻게 간을 내겠느냐면서, 아들
   에게 자기 집에서 자도록 하고 새벽에 아주 멀리 보냈다.

---

64) 김혜정(2018), 위의 글, 200쪽.

그리고 개의 간을 내어 계모를 갖다준다.

5. 백정이 가져간 간은 계모가 내버리고, 아들 아버지와 계모는 아들을 잡은 줄로 안다.

6. 몇 년 뒤, 아들이 아주 크게 잘 되어 색시를 데리고 와서 잔치를 하는데, 아들 부모는 모두 눈이 멀어버렸다.

7. 아들이 눈먼 부모에게 인사를 하자, 눈을 떠서 아들에게 밥을 해 준다.

8. 아들이 백정 집에 가니 백정이 친아버지보다 더 반가워한다.

이 <약 되는 아들 간> 설화는 계모가 아들을 죽이기 위해 계모의 친딸이 지랄병에 걸린 것처럼 한다. 딸의 약으로 아들 간을 제시하여 백정에게 아들을 죽여 간을 빼 오도록 하지만, 백정은 개의 간으로 아들의 간인 것처럼 계모에게 주고, 아들은 도망 보낸다. 여기서 돋보이는 것은 백정이 지닌 인간적 면모이다. 물론 백정은 아들이 어려서부터 공부하며 다녔기 때문에 정도 많이 쌓였다고 할 수 있지만, 아들을 차마 죽이지 못한다. 반면 계모는 아무리 자신이 낳지 않은 자식이라 하지만 아들을 죽이려는 시도를 아무렇지도 않게 감행한다.

이 설화 각편의 특징은 결말부에서 아들이 성공하여 돌아왔을 때에, 아들의 친아버지와 계모의 두 눈이 멀어 있었다는 것이다. 마치 천벌을 받은 것처럼 부모가 봉사가 되어 있는 것이다. 아들은 그런 부모를 보고, 인사를 하고, 더 이상 징벌하지 않는다.

또 한 가지 생각해 볼 점은 아들 살해 시도에 대한 아버지의 태도이다. 이 설화 각편에서는 아들의 간을 빼내려고 하는 계모의 계략을 실행하는 데에 아버지가 직접 관여하지 않는다. 계모의 친딸을 고칠 약으로 아들 간이 필요하다는 것을 알고는 있으나 그런 행위에 가담하지는 않는다. 다른 각편에서는 계모가 거짓 핑계 대는 약으로서의 아들 간에 대해 의심하거나 망설이지 않고, 아버지가 아들 간을 빼내도록 백정 등의 다른 인물에게 시키는 경우가 많아 아들 살해라는 행위의 중심에 있는 것으로 보이기 때문이다. 그래서, 이 각편에서는 아들 살해 시도에 아버지가 가담하는 정도가 미약한 편이라 할 수 있다.

>>> [자료] 25. 소 허물 벗은 아들(『한국구비문학대계』 8-10, 226쪽.)

1. 옛날 한 사람이 자식을 못 낳아 장가를 세 번이나 가서 부인들이 세 집에 각각 살고 있었다.
2. 어느 날 첫째 부인, 둘째 부인, 셋째 부인에게 가서 자신이 벼슬해서 오면 무엇으로 대접할지를 물어보고, 가장 못난 셋째 부인의 대답이 마음에 들어 셋째 부인 집에 자고 간다.

3. 벼슬길에 오른 남편이 셋째 부인이 아들 낳았다는 편지를
   받고 돌아온다고 하자 첫째, 둘째 부인이 시기심으로 셋
   째 부인의 아기를 소가 먹게 한다.

4. 벼슬한 남편이 돌아오자, 첫째 부인, 둘째 부인은 준비한
   옷과 음식으로 대접하지만, 셋째 부인은 아기를 잃어 남
   편이 귀양을 보낸다.

5. 아기가 소의 뱃속에서 자라니 그 소가 죽을 먹지 않자, 그
   소를 잡아먹기로 하고 백정한테 맡긴다.

6. 백정 집에 묶여 있던 소의 뱃속에서 아기가 백정 욕을 하
   니, 백정의 할머니가 소를 풀어놓는다. 풀려난 소는 서울
   로 간다.

7. 정승 집에서 북을 울리는 사람을 사위로 삼겠다 하는데,
   서울 간 소가 그 북을 울리고 정승 딸의 방에 들어가 눕
   는다.

8. 정승 딸이 밥을 주니 금송아지가 다 먹고 나서, 칼로 목에
   구멍을 내 달라고 한다.

9. 정승 딸이 구멍을 내니 소 뱃속에서 선비가 나와 정승 딸
   과 혼인한다.

10. 정승집 사위가 된 아들은 천재였는데, 천재 아들 삼 형제
    를 낳았다.

11. 아들은 아내, 세 아들과 함께 자기 집으로 돌아가, 아버지
    의 첫째 부인과 둘째 부인을 능지처참한다.

12. 아들이 귀양 간 자기 어머니를 모시고 아버지한테 가서 함
께 잘 산다.

이 <약 되는 아들 간> 설화에는 실상 아들 간을 탐하는
화소가 빠져 있다. 그런데 계모가 아들을 죽이려 하고, 아
버지는 이를 모르고 아들을 잃어버린 채 사는 동안, 아들이
사위되는 시험에 통과하여 혼인을 하고 아들도 셋이나 낳
아 귀환하여 징벌과 봉양으로 마무리한다는 서사를 갖추고
있어 <약 되는 아들 간> 설화의 확대된 변이형이라 할 수
있겠다.

이 각편의 아주 큰 특징은 아들이 살해당할 위기를 소의 뱃
속에 들어감으로써 모면한다는 것이다. 그리고 소의 뱃속에
서 자라난 아들은 선비가 되어 정승 집 딸 앞에 나타나 혼인
을 하고 귀환한다는 환상적 서사가 펼쳐진다. 소의 뱃속이 아
들에게는 마치 어머니의 요람과 같은 공간으로 기능한다는
점이 매우 독특하다.

결말부 서사를 볼 때에, 아들은 자신을 죽이려 한 주체가
누구인지 다 알고 있다가, 장성하여 성공하고 나서는 돌아와
보복한다는 점에서 다른 <약 되는 아들 간> 설화와 유사하
다. 그런데 계모의 가해와 아들의 피해에 대해 아버지가 전
혀 모르고 있었으며, 아들의 친모는 죽지 않고 귀양 가 있었
다는 점에서 또한 매우 특징적이다.

● 〈약 되는 아들 간〉의 가족 갈등 양상과 해결

앞에서 살펴본 〈약 되는 아들 간〉의 설화 각편 중 [자료] 19와 [자료] 23을 중심으로 가족 갈등의 양상과 해결 과정을 분석해 보도록 한다. 〈약 되는 아들 간〉 설화의 경우, 하위 유형에 따라 세부 서사 전개가 차별적이어서, 논의 과정에서 참조할 필요가 있을 때 다른 각편을 함께 보도록 하겠다.

》》 가족 갈등의 발현 양상

》》》 계모의 의붓아들에 대한 불편감

〈약 되는 아들 간〉 설화에서 가족 간 갈등은 계모에게서 시작된다. 이제까지 살펴본 계모와 의붓딸의 갈등을 보여주는 〈콩쥐팥쥐전〉이나 〈손 없는 색시〉 설화 역시 같은 방식으로 가족 갈등이 시작됨을 보여준다. 즉 계모와 의붓자식 간의 갈등은 계모에게서 갈등이 시작, 발현되어 사건이 발생하고, 가해를 당한 의붓자식이 갈등을 겪거나 해결하는 서사 전개를 보여주는 것이다.

> (가) 아들 한나를 나 놓고 즈그 엄마가 돌아가셨드라. 그래서 즈그 아부지가 인자 그놈을 시 살 묵도록 키다가는 마누라를 얻었어. 얻어논께 아들 성제를 낳거든. 성제를 낳고는 요놈

이 어치께 공부를 잘 허든고 어디를 가든지 아조 우등생만 되고 서울로 과게를 가도 잘 헌다고만 해 싼께, 그 사람이 인자 즈그 여자가 하래는 논에를 아칙에 갔다 온께,

"배가 틀어 올라서 금방 죽은다."

하드라.

"왜 그러냐?"

그런께,

"인간을 내가 묵어야 살겠다."([자료] 19, 『한국구비문학대계』 6-6)

(나) 인제 꼭대기는 백정이 살구, 밑에만 인제 의붓어머이, 인제 의붓어머니 아들 인제, 영감의 아들이 사는데, 공부를 해러갔어. 이 애가 한문을 인제 책을 가지고서 옆에다 찌구 인제 백정네 집을 지내서 인제 한문방에가 해가 늦늦지믄 책을 옆에다 찌고 내래오고 이렇게 했는데. 그 애를, 이제 지가 데리고 들어온 딸을 지랄병을 하느라고, 지 애비한테는 쇡이구서, 그애비한테다가 에미가 지 딸이니까([자료] 23, 『한국구비문학대계』)

(가), (나)의 인용 부분은 계모가 아들에 대해 나쁜 생각을 가지게 되는 배경을 보여준다. (가)에서는 아들의 계모로 들어온 여인이 아들 형제를 낳고 나서는 전처 아들이 공부를 잘하고 과거급제할 정도로 뛰어나다는 평가를 듣고 어떤 계략을 세워서인지 배가 뒤틀려서 당장 죽을 것이라고 하면서

'인간'을 먹어야 살겠다고 한다. 여기서 알 수 있는 계모의 갈등은 자신이 낳은 아들들 이전부터 있던 전처의 아들이 너무 뛰어나다는 데에서 시작된다. 만약 상황이 뒤바뀌어, 전처의 아들이 그냥 평범하였다든지, 좀 못난 구석이 많다든지 했다면 이렇게 계모가 전처 아들을 죽여야겠다는 생각을 하지는 않았을 것이다. 계모가 막상 자신의 친자식을 낳고 보니, 이미 있었던 아들의 뛰어남이 새삼 마음에 걸렸고, 그래서 아들을 없애야겠다고 생각할 수 있는 것이다.

(나)에서도 이와 비슷한 정황을 읽을 수 있다. (나)는 이야기의 시작부터 백정 집과 아들 집이 가까이 있다고 하면서, 전처의 아들이 백정집을 지나다니면서 글방에 열심히 다녔음을 서술한다. 이는 전처의 아들이 매우 성실하면서도 부지런하게 공부했음을 말해준다. 그런데 (나)에서는 계모에게 자신이 데리고 온 딸이 있었다고 하고, 계모가 그 딸에게 지랄병을 하라고 시키고, 남편에게는 속였다고 한다. (가)와 달리 (나)에서는 아들이 뛰어났다는 서술은 없지만, 갑작스레 계모가 자신의 딸을 이용하여 아들을 죽이려는 계획을 세웠다는 것은 아들의 성실과 열심에 대해 불편한 감정을 가졌음을 말해준다.

전처에게서 난 아들에 대한 경계 의식은 [자료] 24에서 더욱 분명히 서술된다.

두 부처가 떡 살았는데, 살다가서 어린 아를 하나 낳고 부인네 세상을 떠났단 말이야. 세상을 떠나서 아 아버지가 그 아 시방 데려오지, 아 데려오지. 아 데려 오다가서 혼자 살기 바빠서 부인네, 장가가서 부인네 얻었단 말이야. 부인네 얻으니까, 부인에게서 또 아 하나, 아들이지요. 아들이, 부인의 아들이 또 있지요. 그러니까 이쪽의 아들이는 남자의 아들이고, 이쪽의 아들은 여자의 아들이고, 둘이. 아들 두 사람인데. 그래 자랐는데, 핵교 가서 읽다나이까이 아들 과연 글 잘 읽어. 정말 그 핵교선 제일 우등이여. 우등. 그렇게 글 잘 읽는 학생. 그러니 들어온 마마는 이부재미야 이부재미,

a조사자 : 그렇지.

맞지야. 그렇지요. 이부재미. 그래서 잘 사는데, 앞으로 우리 죽을 적이는 이 가정을 어 세간을 무시기 누기 가져가겠는가. 이게 그 여자 귀에 들어갔단 말이야. 그래서, (물 마시라고 권함) 그래서 이때부터 이 여자가 그 남편 아들을 모해한단 말이야. 모해해.

"죽이자고. 죽이자고. 없애 뒤지겠다."고.([자료] 24, 『한국구비문학대계』)

이 <약 되는 아들 간> 설화는 비교적 최근에 채록되었고, 지역적 특성도 국내가 아닌 국외라서 다른 자료와 변별해야 한다고 볼 수도 있지만, 서사 전개의 큰 틀에서는 다른 자료

와 비슷하고 상세화의 정도가 다르기에 참고할 만하다고 판단된다. 이 각편에서는 전처 아들과 계모 아들이 서로 같이 자랐는데 특별히 누가 더 잘했는지는 밝히지는 않고, 아들이 글을 잘 읽었다고 하니 두 아들 모두 똑똑했다고 볼 수 있다. 그런데 이 각편에서 계모가 가진 경계 의식은 재산 상속과 관련된 것이다. 다시 말해, 재산 상속에 대한 의문을 품기 전까지는 의부재미, 즉 혈연관계가 없는 계모와 의붓아들 사이였으나 재미있게 잘 살았다는 것인데, 계모가 재산 상속을 고려하면서부터 의붓아들과의 관계에 문제가 생긴 것이다. 언젠가 남편이 죽었을 때, 남편의 아들이 재산을 상속할 것인지, 계모의 아들이 상속할 것인지에 대한 고민이 생기자, 계모는 전처의 아들, 즉 남편의 아들을 죽이려고 모해한다.

이렇게 각편에서 보이는 계모의 의붓아들에 대한 태도의 공통점은 의붓아들이 죽어야 자신의 아들에게 유익한 삶이 보장될 것이라 여긴다는 것이다. 그것은 의붓아들이 뛰어난 능력을 가지고 있기 때문이기도 하고, 계모 자신의 혈육이 상속이나 재산의 권리를 가져야 한다고 생각하기 때문이기도 하다.

》》 계모의 꾀병과 의붓아들 살해 시도

<약 되는 아들 간> 설화에서 가족 간 갈등은 계모 혹은 계모 친자식의 꾀병으로 본격화된다. 계모의 칭병 계략은 병증

을 고칠 수 있는 약으로 의붓아들의 간을 요구하는 것인데, 이는 결국 의붓아들의 죽음을 의미한다. 여기서 계모의 의붓아들 살해 시도에 대한 친아버지의 반응과 태도에 주목할 필요가 있다.

> (가) 즈그 서방보고 그란께, 이 애기가 가만히 들었는디,
>
> "인간을 묵으면 살면 어떻게 해야 좋냐?"
>
> 그런께,
>
> "가만 있거라 저 놈 백정놈의 집으로 가서 이 애기를 잡어서 간을 내다 줘야 쓰겄다. 그래야 우리 애팬네가 살것다."
>
> 고 그냥 혹각했소. 혹각해서 그 애기가 그 소리를 들었어. 귀로 들었는디 어짬 닭도 잡어서 해 주고 괴기도 사서 걸게 해 주드라. 인자 죽일라고.([자료] 19, 『한국구비문학대계』6-6)
>
> (나) 이년의 지집애가 병두 없는 게 지랄병한다고 인제제 지애비 벌쩍 자빠지구 이러니까는 그 지에미가 인제 백정네 집엘 가가주고 우리, 그러니까 영감의 아들이지.
>
> "우리 아무개가 인제 오거덩, 그 걸, 그 걸 잡아서 간을 달라고, 그 간을 인제 먹으면, 애를 인기귀를 멕이믄 낫는대다구."
>
> 잡어달라구 시겠거든 그 백정을 보구.([자료] 23, 『한국구비문학대계』)

계모에게는 의붓아들이기에, 감히 그 아들을 살해하려는

의도를 가졌다고 할 수 있을지 모르지만, 친아버지가 자신의 아들을 죽여야겠다는 계모의 말에 수긍하고, 아들 죽일 계획에 동조했다는 것은 매우 충격적이다. 이 <약 되는 아들 간> 설화에서 가족 갈등의 시작은 계모이고, 갈등을 가해 행위로 실행하는 주체는 아버지이며, 아들은 계모와 아버지에 의해 피해를 입는 대상이다.

(가)에서 보듯, 새로 들인 부인이 사람 간을 먹어야 병이 낫겠다고 하니, 친아버지는 자기 아들을 잡아 간을 내다 주면 부인이 살겠다고 한다. 이 각편에서 구술자가 처음에 계모의 말에서 의붓아들의 간을 지정하지 않은 것이 의도적인 것인지는 알 수 없으나, 명백한 것은 친아버지의 입에서 아들을 죽여 간을 빼내 아내에게 먹이겠다고 하는 결단이다. 더욱 무서운 행동은 아들의 튼튼한 간을 취하기 위해 닭도 잡아 먹이고, 고기도 사서 걸게 먹였다는 것이다. 여기서 더욱 놀라운 것은 아들의 태도이다. 아버지가 자신의 간을 빼내어 계모를 먹이겠다는 소리를 듣고서도 저항하거나 도망하지 않는 것이다.

(나)의 상황은 계모 자신이 병에 걸렸다고 하지 않고, 딸을 시켜 거짓으로 병에 걸렸다고 한다. 그리고 계모가 직접 백정에게 가서 의붓아들을 잡아 간을 달라고 한다. 이는 (가)와는 달리 아버지를 아들 살해에 개입시키지 않고, 계모와 계모 딸의 계략으로 아들 살해를 실행하게 하여, 아들의 죽음에 대

한 아버지의 책임을 유보하고 있음을 말해준다.

》》백정보다 못한 부모 행실

<약 되는 아들 간>에서 계모의 의붓아들에 대한 갈등은 가족 구성원의 범위를 넘어 백정으로까지 확대된다. 계모는 의붓아들을 죽이려는 속셈으로 꾀병을 고칠 약으로 아들 간을 원했는데, 정작 아들의 간을 빼내는 행위는 백정에게 다시 의뢰된다. 이는 아들 간 적출의 주체로 백정을 끌어들인 것인데, 아들 살해를 교사하여 가족 간 문제에 다른 외부인으로까지 확대한 의미를 지닌다. 이 때문에 아들의 생살여탈권(生殺與奪權)은 계모와 친아버지에게서 가족 바깥의 인물인 백정에게로 이관된다.

> 그래서 인자 가서는 백정놈을 보고,
>
> "저 우리 애기를 죽여서 간을 나를 내주면 여그 집 앞에 논을 열마지기를 줄란다."
>
> 고 그랬드라.
>
> "그람 그라라."
>
> 고. 그래서 인자 그 애기는 두고, 그 백정놈은 죽일라고 맘을 묵고 인자 했어. 칼도 갈어 놓고 다 했는디, 가부렀어. 그냥 즈그 집으로 인자 가부리고 없어서 인자 즈그 마느래가 밭일을 잘 허고 있은께, 인자 몽둥이로 애기를 한 번 탁 치드라.

“원매 저런 사람이 어디가 있냐?” 고.

“자손 무하고 저놈 사람 죽일 놈이다고, 아니 넘의 애기를 죽에? 우리 큰 개가 있은께 잡어서 간을 뽑아다가 주면 그만이 제. 저런 아깐 애기를 죽여서 씨까? 인자 우리는 아조 대대손 손하고 인자 자손 무하고 암것도 없이 인자 된다.”([자료] 19, 『한국구비문학대계』 6-6)

위에서 보듯 아버지는 백정에게 가서 아들 간을 내어주면 논을 열 마지기 준다며 거래를 한다. 여기서 아들의 생사는 백정의 손으로 넘어가게 된다. 그런데 백정 부인의 만류로 막상 백정은 그 집 아들을 죽이지 못한다. 백정 부인은 백정 에게, 아무리 남의 아이일지라도 저렇게 아까운 아이를 죽여 서는 안 된다고 한다. 그런 짓을 하면 대대손손 아무 것도 없 이 될 것이라고 앞일을 걱정한다.

이 장면에서 아들을 죽이려는 부모와 남의 아들이지만 그 생명을 귀하게 여기고 살리려는 백정 부부가 선명히 대조된 다. 자신의 자식이 아님에도 어떻게 죽이냐며 말리는 백정 부부의 말은 어쩌면 사람이라면 당연히 가져야 할 생각이라 고 할 수 있다. 이는 반대로, 친자식도 아무렇지도 않게 죽일 수 있다고 생각하는 친아버지나, 자기 자식보다 잘나 보인다 는 이유로 의붓자식을 죽여버리는 계모의 행동은 사람이라 고 할 수 없는 판단이자 행위인 것이다.

이렇게 의붓자식 살해 시도 행위에 연루된 백정은 아들의 미래를 인도하는 중요한 조력자 역할을 한다. 그리고, 백정 부부를 통해, 혈연관계가 없는 남이라도 가족보다 더 친밀하고 좋은 관계가 될 수 있음을, 다른 한편으로 혈연관계를 바탕으로 한 가족 관계를 대체하는 새로운 가족이 만들어질 수 있음을 보여준다.

갈등의 해결 방식

<약 되는 아들 간>에서 갈등의 해결은 아들의 생살여탈권을 가진 백정을 통해 시작된다고 할 수 있다. 앞서 갈등의 발현 과정에서 보았듯이, 이 설화에서 갈등은 계모에 의해서 주도되고 아들이 죽을 위기를 겪는 것으로 발전한다. 그렇지만 백정 부인의 지혜로 계모는 가짜 아들 간에 속아 갈등이 해소된 것으로 일단락된다. 이는 거짓 병을 핑계로 아들 간을 뺏으려 한 계모가 가짜 간에 속아 갈등을 해결한 것이어서, 그야말로 가짜 해소이다.

사실 아들은 죽은 것이 아니라 백정집에서 나가 서울로 갔기 때문에, 아들이 가진 문제는 여전히 남아 있다. 즉 친아버지와 계모가 자신을 죽이려 했다는, 자신의 간을 빼려고 했다는 공포와 배신감은 해결되지 못한 채, 해결할 수도 없는 감정으로 남아 있는 것이다. 결국 아들은 과거에 급제하고 결

혼도 한 후에 고향으로 돌아와 자신의 손으로 직접 계모와 형제들을 죽임으로써 갈등을 해소한다.

> 장두칼을 키워서 은장도 같이 갈어갖고 즈그 어매 아부지가 사는 데를 갔드라, …(중략)…
> "어무니 보입시다."
> 그러고 인사 배운 사람이라 인사를 탁 하고는, 이리 모도 너이 들어 와서 앉으라고, 이리 너이(넷) 들어와서 앉았은께, 즈그 아부지로부터 어깨를 한나 딱 띠어 부리고, 나를 낳은께 어깨를 띠어 부리고 얻어 묵으라고 아들 둘 목쳐 부르고, 즈그 어매 목 쳐 부르고 그라고는 고놈 약 볼라서 한번 줌서,
> "얼른 가서 병원에 가서 나서 갖고 얻어 묵고 대니라."고.
> "나를 죽일라 했는디 내가 살려 주겄냐?"
> 고. 다 때려 죽여 부리고는 즈그 아부지만 살려 놓고는([자료] 19, 『한국구비문학대계』 6-6)

위에서 인용한 [자료] 19의 결말 장면을 정리해 보면, 자기 고향에 돌아온 아들이 직접 칼을 갈아서 아버지 사는 곳을 찾아가 남은 가족, 즉 아버지, 계모, 계모의 아들 둘, 총 4명을 모두 불러 모이게 하고, 아버지는 어깨를 떼어 버리고, 얻어 먹는 인생 되라고 아들 둘 목을 쳐 버리고, 계모의 목도 쳐 버려서, 결국 아버지만 살려주고 나머지 계모와 계모 아들 둘은

 가족 갈등 서사의 상호문화적 이해

모두 죽인다는 것이다.

이런 방식으로 아들의 갈등 해소가 이루어지는 것은 아들의 마음에 쌓인 한과 원망이 얼마나 큰지를 말해준다. "나를 죽이려고 했는데 내가 살려 주겠냐?"라는 아들의 말에서 자신을 죽이려고 한 계모를 죽이는 것이 당연하다고 여기는 것을 알 수 있다. 다른 한편으로 아들의 내적 갈등이 매우 심했을 것이라고 여겨지는 것은 계모의 병을 고치기 위한 약으로 아들의 간을 쓸 것이라는 이야기를, 즉 자신이 죽여 계모 약으로 쓸 것을 부모의 대화를 들어서 이미 알았기 때문으로 추측할 수 있다. [자료] 19의 서술로는 아들이 귀로 들었다고 하였으며, 아버지가 외갓집에 간다며 아들을 백정 집으로 데려갈 때에도 아들은 자신이 죽을 줄 알면서, 외갓집으로 가지도 못하고 죽을 줄 알면서 갔다고 한 데에서, 죽으러 가는 아들의 심정이 얼마나 원통했을지 짐작하게 한다.

이에 비해 [자료] 23의 결말은 아들의 직접적 징치가 아니라 하늘이 천벌을 내린 것으로 하여 아들을 대신한 징벌이 이루어진다. 혼인을 하여 고향으로 돌아가 부모를 찾은 아들이 확인한 것은 눈이 멀어 앉아 있는 모습이었다. 이에 대해 구술자는 "죄가 돼서"라고 하여, 아들을 죽이려 한 친부와 계모가 저지른 죄에 대해 벌을 받았다고 평가한다. 자신의 손으로 징벌을 내리기 전에, 이미 친부와 계모가 천벌을 받았기에 오히려 품어줄 수 있었는지도 모른다. 이 각편에서는 마지막

까지 부모의 뻔뻔함에 대한 서술로 아들의 부모가 부모답지 못함을, 부모 자격이 없음을 지적한다.

> 그 눈까리 멀어 앉은 기 그래도 지 애비라구 거그와서 살드래, 뭐.([자료] 23, 『한국구비문학대계』)

한편 부인이 셋, 즉 아들의 친모가 살아있으면서 계모가 2명이나 있는 [자료] 25의 경우에는 더욱 무서운 징치가 이루어진다. 두 명의 계모 때문에 여러 번 환생했다가 소의 뱃속에 들어가 살게 된 아들은, 소의 허물을 벗고 혼인도 하여 정승 집 사위가 되자 부모를 방문하러 올 기회를 얻는다. 실감 나게도 이야기 속에서 의붓아들을 죽이려 한 계모는 그 아들이 돌아온다고 하자 벌벌 떨었다고 한다. 그 예상이 맞았든지, 집에 돌아온 아들은 계모 둘에 대해 톱으로 썰어서 죽일 만하다면서, 처벌을 감행한다.

> 고마 하인들로 불러가지고, 큰애미 그거 인자 갖다가 저어 앞에다 큰 정자나무 거어다 큰 톱을 갖다가 걸어서,
> "네이, 톱을 써 쥑일 년."
> 쿰서로 톱을 걸어 놓고, 또 인자 둘째 년, 이 년을 갖다가 한 가랭이썩(다리씩) 말에다가, 한 가랭이썩 말에다가 자매(잡아매어)놓은 기라. 한 가랭이썩 말에 자매 놓은께 고마 말이 막

발악을 쳐서 한 가랭이썩 째가막 달아나 삐고, 그래 저 년은, 큰애미 저 년은 톱으로 써 쥑이고.

위에서 보듯이 두 계모의 징치는 차마 말로 표현할 수 없을 정도로 잔혹하게 이루어진다. 톱을 걸어놓았다가 큰 계모는 톱으로 죽이고, 둘째 계모는 두 다리를 각각 말에 잡아매어 찢어지게 하는 참형으로 죽인다. 의문스러운 것은 이러한 아들의 복수, 원한 해소는 공적 제도를 통해서가 아니라 자기 집안의 하인들을 통해 직접적으로 이루어진다. 그래서 매우 개인적 차원의 보복으로도 보일 수 있는 문제가 있다. 그렇지만, 이 각편은 서사 전개상 사람의 환생이 반복되는 초현실적 장치가 활용되고, 소의 뱃속에서 성장하였다가 선비가 되어 소에서 나온다는 환상성을 지닌다.

"아부지."

쿰서로 가서 인사를 한다. 한께네,

"세상에, 나는 자석도 없는 사람이다. 어데 눈 먼 사람이 우리 집을 들와가지고, 어데 가는 사람이, 눈 먼 사람이 우리집을 들와가지고 이리 쿠느냐고 우짜든지 떠나가라."([자료] 25, 한국구비문학대계』 8-10)

또한 이 각편에서는 다른 자료와 달리 아버지의 참회가 서술된다. 앞서 본 자료들에서는 아버지가 계모와 함께 징벌을 받거나, 계모와 함께 징치를 받으면서도 상대적으로 덜한 정도의 형벌을 받는다. 그리고 아들에게 한 행위에 대해 부끄러워하거나 뉘우치는 것이 뚜렷이 나타나지 않는다. 이에 비해 [자료] 25에서는 아버지 스스로 말하기를 자신이 아들을 죽게 한 것이라고 자책한다.

이러한 차이 때문인지, [자료] 19와 [자료] 23, [자료] 25에서 보여주는 아들의 결말은 사뭇 다르다. 여기서 주로 다룬 이 자료들은 가정 내 아들의 상황, 갈등 관계를 이루는 가족 구성원, 갈등이 확산되는 양상에 차이가 있는데, 이 때문인지 아들이 자신의 갈등을 해소하고 최종적으로 선택하는 가족의 모습도 다양하게 나타난다.

(가) 다 때려 죽여 부리고는 즈그 아부지만 살려 놓고는 즈그 집에 돌아와서 인자 즈그 마느래랑, 그 백정놈이랑, 백정놈 그 마느래랑 다 실고 올라가서, 어디까장 올라 갔든가 올라 가서 그 쥔네 사는 동네 가서 집을 그 마을에 가서 잘 짓어갖고, 부모라고 인제 참다운 아들이 되고 참다운 부모가 되게 잘 모사 놓고, 그렇게 마느라하고 잘 살고, 즈그 왈 낳아준 어매 아부지는 거라수가 되았드라.([자료] 19, 『한국구비문학대계』 6-6)

(나) 즈 아버이보다 더 반가워하더래잖아. 그 백정이. 그래 가지구서 가서 그래도 그 눈까리 멀어 앉은 기 그래도 지 애비

라구 거그와서 살드래, 뭐.([자료] 23,『한국구비문학대계』)

(다) 고마 가매 안에다 갖다가 며느리, 며느리 가매 안에다 거따(거기다가) 보듬아 옇었거든, 귀양 보낸 거로. 그래 보듬아 옇었거든. 그래 아바이 앞에 딱 갖다 놓고, …(중략)… 그래 가 그 사람들이 잘 돼가 잘 살았다요([자료] 25, 한국구비문학대계』 8-10)

<약 되는 아들 간>에서 보이는 아들의 결말은 새로운 가족의 구성으로 예전과는 달리 갈등이 없는 가정을 꾸려 잘살아 가는 것이다. 아들이 만들어 낸 새로운 가족의 1차적인 모습은 혼인을 통한 것이다. 아들의 혼인은 간을 뺏겨 죽을 뻔한 위기에서 벗어나 맞이한 새로운 삶의 출발이다. 그래서 아들에게 있어서 혼인은 환생 혹은 부활과 같이 다시 시작하는 삶의 의미를 지닌다.

(가), (나), (다) 모두 계모의 살해 위기에서 벗어난 아들이 혼인에 성공하고 아내와 함께 자신의 원래 집으로 돌아와서 부모를 처벌하고 새로운 가족을 꾸린다는 점이 공통적이다. 그런데 (가)에서는 아들이 친아버지를 살려두긴 하지만 거지로 살도록 하고, 자신을 살려준 백정 부부를 새로운 가족으로 받아들이는 다소 놀라운 모습을 보인다.[65] 이는 친부모의

---

65) 김혜정은 이에 대해 대안적 가족 관계라는 측면에서, '과거급제형'의 주인공은 양반 가문으로의 복귀를 거부하고 천민계층을 입양가

입장에서는 매우 충격적인 선택과 결정이라고 할 수 있다. 아무리 아들에게 잘못을 저질렀다 할지라도 천륜을 끊을 수는 없는 것 아닌가라는 질문을 할 수 있는 것이다. 그렇지만 이 각편에서는 단호하게 그런 부모와는 관계를 끊을 수 있다고 답한다. 신분도 낮고 혈연관계도 없지만 자신의 생명을 구해 주고 도망하게 해 준 백정 부부가 차라리 부모 자격이 있다고 아들은 판단한 것이다.

(나)에서 아들이 맞이하는 결말은 혼인하여 꾸린 가정에 자신의 친아버지와 함께 사는 것이다. 백정 부부에 대해서는 고향에 돌아온 아들을 친아버지보다 더 반가워했다는 서술만 하고, 아들과 함께 가족이 되었는지에 대해서는 밝히지 않고 있다. 그래서 (나)의 경우, 아들이 친아버지와 가족 관계를 끊지는 않았다는 정도만 보여주어 기존 가족의 해체까지 가지는 않는다. 이는 기존의 가족 관계를 끊고 백정 집안과 새로운 가족 관계를 만드는 것에는 판단을 유보하고 있음을 보여준다고 하겠다.

(다)의 경우에는 아들이 기존의 가족 관계를 온전히 회복

족으로 받아들이는 파격적 결말을 보인다고 정리하였다. 여기서 살핀 [자료] 19는 다양한 과거급제형 각편 중 한 편일뿐이지만, 이 각편에서도 역시 백정 부부를 자신의 가족으로 삼았다는 점에서 동일하다고 할 수 있을 것이다.(김혜정, 「한·중 "약 되는 아들의 간"」 설화의 전승 양상 비교 연구」, 『국제어문』 73, 국제어문학회(구 국제어문학연구회), 2017.).

하는 양상을 보인다. 위에서 보듯이, 고향에 돌아와 계모들에게 형벌을 내린 아들은 귀양 갔던 어머니를 아버지 앞으로 모셔 오고, 자신의 아내와 함께 잘 사는 결말을 맞이한다. 집을 떠났던 아들이 원래 자신의 집으로 돌아와 자신의 친모와 친부 관계를 회복하고, 자신이 새로이 만든 가족, 즉 아내를 그 가족 속으로 결속시키는 것이다. 이러한 점에서, (다)는 결국 혈연관계에 있는 부모와의 관계 회복을 가장 좋은 결말로 본다고 할 수 있다.

(2) 〈향나무〉 이야기

● 〈향나무〉 이야기 개요

<약 되는 아들 간> 이야기를 상호문화적으로 살피기 위해 그림 형제의 동화 <향나무>[66] 이야기를 분석하고 <약 되는 아들 간>과 비교해 보기로 한다. <약 되는 아들 간> 이야기는 우리나라뿐만 아니라 일본, 중국 등 다른 아시아 나라에서도 발견되고 있다.[67] 그림 형제의 동화 <향나무> 이야기는 엄격한 의미에서 <약 되는 아들 간>과 동일한 유형의 설화라

---

66) 번역자에 따라서는 제목이 <노간주나무>인 경우도 있는데, <향나무>와 동일 작품이다.
67) 다음의 연구에서 이를 확인할 수 있다.
박연숙, 「한국과 일본의 계모설화(繼母設話) 비교 연구」, 계명대학교 대학원 박사학위 논문, 2010.
김혜정, 「한·중 "약 되는 아들의 간" 설화의 전승 양상 비교 연구」, 『국제어문』 73, 국제어문학회(구 국제어문학연구회), 2017.
김혜정, 「한·중 계모 설화에 나타난 계모와 의붓아들의 갈등 양상과 의미」, 『돈암어문학』 41, 돈암어문학회, 2022.

고 하기는 어렵다. 그럼에도, <약 되는 아들 간>과 <향나무>를 상호문화적으로 비교하고자 하는 것은, 이 두 이야기 모두 계모가 의붓아들을 죽이고 싶어 하는 이야기이기 때문이다.[68]

이제까지의 연구 성과로 볼 때, <약 되는 아들 간>이나 <향나무>가 그렇게 연구가 많이 이루어졌다고 하기는 어렵다.[69] 관련 연구로는 우리나라와 중국 설화[70], 우리나라와 일

68) 참고로 언급하자면, 그림 형제의 동화 중에 <세 가지 언어>라는 작품이 아들을 죽이는 모티프라는 측면에서 유사성이 있기는 하다. <세 가지 언어>는 <세 가지의 말>로 번역되어 있기도 한데, 이 이야기는 그림 형제의 동화전집에 33번째 작품으로 나와 있다. 이 이야기에서는 백작인 아버지가 하인으로 하여금 아들을 죽이도록 명령하지만, 하인이 차마 죽이지 못하고 사슴의 눈, 혀로 거짓 증거를 삼는데, 이는 <약 되는 아들 간>에서 아들의 간 대신 소의 간을 제시하는 것과 유사하다. 그렇지만 박연숙도 지적하였듯이, <세 가지 언어>는 계모 설화가 아니라 바보처럼 보인 아들이 사실은 뛰어난 인물임을 보여주는 이야기라고 할 수 있다(박연숙, 「한국과 일본의 계모설화(繼母說話) 비교 연구」, 계명대학교 대학원 박사학위 논문, 2010, 160쪽 참조.). 이는 아들이 습득한 세 가지 동물들의 언어 구사 능력이 아버지에게는 지극히 한심한 바보처럼 보이는 것이었지만, 아들이 교황이 되는 데 뒷받침이 되는 것이었기 때문이다. 다른 한편으로, <세 가지 언어>는 친부에 의한 자식 살해 이야기라는 관점에서 생각해 볼 수 있을 듯하다. 이런 점은 오히려 뒷장의 논의에서 다루는 현대 문화콘텐츠로의 확장적 의미와 연결될 수 있을 것으로도 보인다. 이 장에서는 '자식 살해'에 관한 이야기로 범위를 넓히지는 않고 가족 관계 내에서의 갈등으로 의붓자식을 대상으로 한 폭력이나 살해 시도가 이루어진 이야기를 중점적으로 보았기에, 자식 살해라는 범주에서의 고찰은 다른 논의의 장으로 미뤄 둔다.
69) 김혜정, 「한·중 계모 설화에 나타난 계모와 의붓아들의 갈등 양상

본의 계모 설화의 차원에서 비교 연구가 이루어진 정도이다. 앞으로도 이 설화 유형에 대한 다각적인 접근이 필요하다 하겠다.

대체적인 이해를 위해 다음과 같이 <향나무>[71]의 서사 단락을 정리해 보았다.

> 1. 어느 부자 남편과 아름다운 부인 부부는 서로 사랑했지만 자식이 없었다. 부인이 열심히 기도했지만 자식이 여전히 없었다.
>
> 2. 어느 날 부인이 집 뜰의 향나무 아래에서 사과를 깎다가 손가락을 베어 피가 눈 위에 떨어지는데, 부인은 "피처럼 빨갛고 눈처럼 하얀 아이"를 갖고 싶다고 한다.
>
> 3. 부인은 자신이 죽으면 향나무 밑에 묻어 달라고 했는데, 눈처럼 희고 피처럼 빨간 아이를 낳고 너무 감격하여 죽고 만다.

과 의미」, 『돈암어문학』 41, 돈암어문학회, 2022.

70) 선행연구 결과를 참조해 볼 때, 확정지을 수는 없지만 <약 되는 아들 간> 각편 중에는 <금우태자전>과 관련된다는 점에서 불교설화에서 파생되었을 가능성도 점쳐볼 수 있다. 이를 두고 박연숙은 <금우태자전>의 근원설화는 중국에서 찾아야 할 것으로 짐작하기도 했다(박연숙, 「한국과 일본의 계모설화(繼母設話) 비교 연구」, 계명대학교 대학원 박사학위 논문, 2010, 159쪽.).

71) 여기서 바탕으로 한 자료는 '그림 형제 지음, 김열규 옮김, 『어른을 위한 동화 그림 형제 동화전집』, 현대지성, 2023, 333~345쪽.'이다.

4. 남편은 새 부인을 얻었는데, 두 번째 부인과의 사이에는
   딸 마를렌이 있었다. 재산을 딸에게만 물려주고 싶었던
   부인은 전처의 아들이 방해가 된다고 생각하여, 아들에게
   잔인하게 군다.

5. 아들이 학교에서 돌아오자 새엄마는 뚜껑 있는 궤짝 안에
   사과를 넣어두고 직접 꺼내 먹으라고 한다.

6. 아들이 사과를 꺼내기 위해 몸을 궤짝 위로 숙이는 순간
   새엄마가 뚜껑을 세게 내리 닫아 소년의 목이 사과들 속으
   로 떨어진다.

7. 새엄마는 아들의 머리를 도로 목 위에 올려놓고 하얀 손수
   건을 목에 감고서는 손에 사과를 쥐어 놓는다.

8. 마를렌이 오빠가 얼굴빛이 안 좋고, 사과를 달라고 해도
   들은 척도 하지 않는다고 하자, 오빠가 여전히 대답하지
   않으면 오빠의 따귀를 치라고 한다. 마를렌이 오빠의 따
   귀를 치자 머리가 떨어지고, 마를렌은 자신이 오빠 머리
   를 잘랐다는 생각에 운다.

9. 엄마는 의붓아들 시신을 토막 내어 끓이고, 남편에게 아
   들 시신으로 만든 고깃덩어리를 식탁에 내놓는다. 아들을
   찾는 남편에게 새 부인은 아들이 시골 외할아버지 댁에 갔
   다고 한다.

10. 아버지는 맛있다며 고기를 발라 살을 모두 먹고 **뼈**만 남
    긴다.

11. 마를렌은 아버지가 남긴 **뼈**들을 모아 비단 목도리에 묶어 향나무 아래에 놓는다.

12. 향나무가 움직이고 연기와 불꽃이 보이더니 예쁜 새가 튀어나와 새엄마가 자신을 죽였고 아버지가 자신을 먹었다는 노래를 부른다.

13. 새의 노래를 들은 사람들이 한 번 더 노래를 청하자, 새는 노래의 대가를 요구한다. 새는 노래를 더 들려주고 금 세공사에게 금목걸이를, 구두 수선공에게 빨간 구두 한 켤레를, 방앗간 일꾼들에게는 맷돌을 얻는다.

14. 새는 오른쪽 발톱에 목걸이, 왼쪽 발톱에 구두, 목에 맷돌을 걸고 아버지의 집으로 날아간다.

15. 새가 금목걸이를 아버지의 목에 걸어주자, 엄마는 돌처럼 굳어 쓰러진다. 또 새가 마를렌에게 빨간 구두를 떨어뜨리자, 엄마의 머리카락은 시뻘건 불꽃처럼 휘날린다. 새가 엄마 머리 위에는 맷돌을 떨어뜨려, 새엄마는 그 자리에서 죽는다.

16. 아버지와 마를렌이 밖으로 나가 보니, 연기와 시뻘건 불꽃이 사그러진 자리에 오빠가 서 있었다. 아들은 아버지와 마를렌의 손을 잡고 행복해하며, 셋은 식탁에 앉아 같이 밥을 먹는다.

⬤ 〈향나무〉와 〈약 되는 아들 간〉의 가족 갈등 비교

독일 그림 형제의 〈향나무〉와 비교할 〈약 되는 아들 간〉 이야기는 앞서 본 [자료] 19 〈인간을 먹어야 낫는다는 이붓어미〉(『한국구비문학대계』 6-6)를 중심으로 보도록 한다. 사실 〈약 되는 아들 간〉과 유사한 서사구조나 전개를 보이는 이야기가 그림 형제의 동화에서는 보이지 않는다. 그렇지만, 계모와 의붓아들 간의 갈등이라는 점에서 비교해 볼 만하다.

가족 구성을 보면, 〈향나무〉에서는 아버지, 계모, 전처 아들, 딸 등으로, 아들의 친모는 죽어서 향나무 아래에 묻힌 상황이다. 여기서 딸 마를렌은 아들의 친아버지와 계모 사이에 생긴 자식으로, 아들과 아버지는 같고 어머니는 다른, 이복 남매 관계이다. 〈인간을 먹어야 낫는다는 이붓어미〉에서는 아버지, 전처 아들, 계모, 아들 형제 등으로 구성된 가족인데, 아들 형제는 계모와 아버지 사이에서 낳은 자식들이다.

이러한 〈향나무〉와 〈인간을 먹어야 낫는다는 이붓어미〉 이야기의 공통점은 계모와 의붓아들 사이의 갈등이 서사 전개의 핵심이라는 것이다. 〈향나무〉에서 계모는 악마의 부추김으로 의붓아들에 대해 좋지 않은 감정을 가지고 의붓아들에게 잔인하게 굴었다고 한다. 계모는 자신이 낳은 딸에 대해서는 지극한 사랑을 느꼈지만 의붓아들에게는 기분이 몹시 안 좋았다고 하는데, 서술 맥락상 그 원인은 재산 상속에 있다. 다시 말해 계모는 의붓아들 때문에 자신의 딸이 모든 재산을 받지는 못할 것이라는 나쁜 생각에 사로잡힌 것이다.

계모가 의붓아들에 대해 불편감을 갖고 있음은 <인간을 먹어야 낫는다는 이붓어미>에도 제시된다. 그것은 자신이 낳은 아들들보다 훨씬 더 유능하고 출세할 것이라는 시기, 질투, 나아가 두려움이다. 이렇게 볼 때, <향나무>와 <인간을 먹어야 낫는다는 이붓어미>는 계모가 의붓아들과 친자식 사이에서 갈등하며 의붓아들을 감정적으로 차별하고, 친자식을 위해 의붓아들을 제거하려는 시도를 하는 이야기라고 할 수 있다. 그래서 이 이야기들도 다른 계모 서사와 마찬가지로 계모가 의붓자식을 일방적으로 가해하는 폭행적 성격을 지닌다.

계모가 의붓아들에 대해 가하는 악행은 <향나무>에서 계모가 직접적으로 살해하는 방식으로 이루어진다. 의붓아들에게 사과를 권하여 죽이려 했던 계모의 마음을 느꼈는지, 사과를 먹겠냐고 묻는 계모에게 아들은 엄마의 얼굴이 너무 무서워 보인다고 한다. 그러자 계모는 의붓아들에게 직접 꺼내라고 하여 뚜껑을 세게 내리 닫아 의붓아들을 죽인다. 특징적인 것은 자신이 의붓아들의 목을 궤짝 뚜껑으로 자른 다음, 잘린 의붓아들의 목을 궤짝에서 꺼내어 다시 아들의 몸에 붙여 놓았다가, 친딸 마를렌의 손에 의해 목이 잘린 것처럼 꾸민 점이다. 이는 계모가 자신의 자식 살해를 딸의 소행으로 만들어, 계모가 친딸에게 공범 의식을 갖도록 만든 것이라 할 수 있다.

의붓아들의 살해 시도 장면을 <인간을 먹어야 낫는다는 이붓어미>와 비교해 보면, <향나무>와 달리 친아버지와 계모는 아들 살해를 백정에게 의뢰하는 특성이 있다. 그래서 정작 아들 살해는 부모의 손에 의해 주도되지 않고, 부모가 백정 집에 사주함으로써 시도된다. 이 때문에 <인간을 먹어야 낫는다는 이붓어미>에서는 아들이 살해당하지 않고 도망하여 새로운 삶을 살아갈 기회를 얻는다. 그렇지만 <향나무>의 의붓아들은 사과 궤짝에 목이 부러져 죽고 만다.

<향나무>의 이런 서사 전개 때문에 의붓아들이 가진 갈등을 현실적으로 해결할 방법은 더 이상 없다. 죽고 나서 이어지는 새로운 존재 형태로서만 가능한 것이다.

의붓아들은 계모에 의해 목이 부러져 죽고, 고깃덩어리가 되어 아버지의 뱃속에 들어가고 나서, 겨우 몇몇 뼛조각으로 남는다. 여기서 이야기가 끝난다면, 의붓아들이 지닌 가족 갈등은 해소될 길이 없을 것이다. 하지만, 계모의 딸 마를렌이 비단 목도리에 의붓오빠의 뼈를 추려 모아 향나무 밑에 놓음으로써 서사는 새로운 국면으로 접어든다. 향나무 아래에서 의붓아들이 예쁜 새로 재생하는, 초현실적 사건이 벌어지는 것이다.

<향나무> 이야기가 현실적 서사로 전개된다면, 의붓아들의 죽음에서 끝나야 한다. 하지만, 아들이 죽고 나서 새로 태

어나는 초현실성이 나타나고, 새가 된 아들은 비로소 자유롭게 날아다니며 노래할 수 있는 기회와 보응할 능력을 얻는다. 그리고 의붓아들이 겪고 있던 가족 갈등을 새의 모습으로 마련한 금목걸이, 빨간 구두, 맷돌 등으로 자기 가족에게 상벌을 내린다.

> (가) "우리 엄마는 나를 죽였고.
>
> 우리 아빠는 나를 먹었네.
>
> 누이동생 마를렌은 내 뼈를 빠짐없이 추스려서
>
> 곱디고운 비단으로 정성껏 싸서
>
> 향나무 밑에 두었네.
>
> 짹짹 짹짹! 나같이 예쁜 새가 또 어디 있을까!"[72]
>
> (나) "우리 엄마는 나를 죽였고,
>
> 우리 아빠는 나를 먹었다.
>
> 동생 마들렌은
>
> 내 뼈를 모두 찾아
>
> 비단 천에 감싼 후
>
> 노간주나무 아래 놓아 주었다.
>
> 짹 짹 나는 정말 예쁜 새다."[73]

---

[72] <향나무>(그림 형제 지음, 김열규 옮김,『어른을 위한 동화 그림 형제 동화전집』, 현대지성, 2023), 340쪽.

[73] 이선희,「Grimm 동화에 나타난 의붓 어머니상」, 조선대학교 석사

(가)와 (나)는 <향나무>의 동일 부분이지만, 번역에 따라 세부 의미가 다르게 느껴질 수 있으므로 병기해 보았다. 새가 부르는 이 노래의 내용을 보면, 엄마는 의붓아들을 죽였고, 아빠는 친아들을 먹었다, 누이동생은 오빠의 뼈를 빠짐없이 추려 고운 비단으로 정성껏 싸서 향나무 밑에 두었다 등 있었던 일을 요약적으로 서사하고 있다. 이 노래는 한 가족을 이루는 사람들이 서로 죽이고, 끓여 먹고, 장사 지냈다는[74], 세상에서 남으로 지내는 사이에서도 있기 어려운 인물별 행위를 서술한다. 이러한 엄마, 아빠, 누이동생의 행위로 볼 때, 엄마는 벌을 받아야 마땅하고, 아빠도 모르고 먹기는 하였으나 아들의 살을 먹었으니, 누이동생을 빼고는 벌을 받아야 할 것으로 보인다. 그렇지만 예쁜 새는 계모만 맷돌로 죽이고, 아버지에게는 금목걸이, 누이동생에게는 빨간 구두와 같은 좋은 선물을 한다.

이는 의붓아들의 갈등이 계모와의 관계에 있지, 아버지나 누이동생과는 문제가 없음을 보여준다. 의붓아들이 계모의 머리 위에 맷돌을 떨어뜨려 그 자리에 죽자, 연기와 불꽃 속에서 다시 사람의 모습으로 나타난다는 것에서 의붓아들의

학위 논문, 2015, 52쪽.(띄어쓰기는 맞춤법 규정에 따라 수정하였음을 밝힌다.)
74) 누이동생 마를렌이 가장 소중히 여기는 비단으로 오빠의 뼈를 싸서 향나무 밑에 두었다는 것은 일종의 장례 의식으로 볼 수 있다.

갈등은 계모의 죽음으로 해결될 수 있음을 보여준다.

이렇게 아들의 갈등 관계에 계모만 있고, 계모의 자식이나 아버지는 없다는 것이 <향나무>의 중요한 특징이다.[75] <인간을 먹어야 낫는다는 이붓어미>에서는 아들의 살해 시도에 아버지도 가담하기 때문인지, 계모와 아들 둘처럼 목을 쳐 죽이지는 않지만, 아버지에 대해서도 어깨 하나를 떼는 징벌을 가한다. 그리고 아들이 최종적으로 가족으로 선택하는 부모는 자신의 간을 빼지 않고 살게 해 준 백정 부부이다.

한편 <향나무>에서 의붓아들 친모의 죽음과 의붓아들의 재생에는 향나무의 존재가 은연중 중요함을 느끼게 한다. 아들의 친어머니는 죽으면서 향나무 아래 묻어달라고 했고, 아들의 뼈가 놓인 곳도 향나무라는 점에서, 돌아가신 친어머니의 손길이 아들의 복수와 재생에 기여했음을 암시한다. 향나무는 친어머니가 묻힌 곳이지만, 아들도 죽어 놓인 곳으로, 여기에서 아들이 다시 재생하는 것은 친어머니와의 관련성을 암시하는 것이다.

---

[75] 이는 "빌헬름 그림은 어머니의 잔혹성이 드러나는 내용을 계모로 수정하여 모성의 부정적인 측면에 거부감이 드는 내용을 삭제하였다."(이선희, 「Grimm 동화에 나타난 의붓 어머니상」, 조선대학교 석사학위 논문, 2015.)는 점과도 관련되어 보인다. 그림 형제의 동화에서도 가족 갈등의 가장 큰 원인을 계모로 강조한 것이다.

<향나무>와 <인간을 먹어야 낫는다는 이붓어미>의 비교를 통해 발견할 수 있는 보편성은, 의붓아들에 대해 계모가 자신의 친자식을 염두에 두고 경계한다는 것이다. 그리고 계모는 아버지를 속이거나 공모 관계로 끌어들여 의붓아들을 죽이려는 시도를 한다는 것이다. 차이가 있다면 <향나무>에서 의붓아들은 죽임을 당했다가 다시 살아나고, <인간을 먹어야 낫는다는 이붓어미>에서는 백정 부부의 지혜로 죽지 않고 도망가서 성공적인 삶을 살게 된다는 것이다.

이러한 <향나무>와 <약 되는 아들 간>이 보여주는 가족 갈등의 특징은 의붓자식이 아들일 경우 계모의 불편감이 더욱 크다는 것이다. 이는 바로 가문의 승계나 재산의 상속과 관련되는 문제이기 때문이다. <향나무>에서는 계모의 친자식이 딸이기 때문에, 계모는 의붓아들에게 재산을 많이 빼앗길 것이라고 생각한다. <약 되는 아들 간>에서는 의붓아들이 성실하고 뛰어나기 때문에 계모의 자식들보다는 더 훌륭하게 될 것이라는 시기심과 걱정으로 계모가 의붓아들을 죽이려고 한다.

이는 앞서 본 이야기들에서 계모와 의붓딸 사이의 갈등이 주로 계모의 악함을 부각하여, 의붓딸에 대한 학대가 계모의 악함 때문으로 형상화되는 것과 차이가 있다. <향나무>와

<인간을 먹어야 낫는다는 이붓어미>는 계모가 자신이 낳은 자식이 가문의 재산을 오롯이 물려받거나 가문을 잇는 승계자가 되게 하기 위해 의붓아들을 죽이려 하기 때문이다.

이 두 이야기는 의붓아들을 실제로 죽이거나 죽이려는 시도를 한다는 점에서 더욱 잔혹하다. 앞서 보았던 <재투성이 아이>나 <콩쥐팥쥐전>, <손 없는 색시>와 <손 없는 처녀>의 경우에는 계모가 의붓자식을 죽이기까지 하지는 않기 때문이다.[76] 그래서 <향나무>와 <약 되는 아들 간> 이야기는 계모에 대해 극악성을 강조하고 있다고 할 수 있다. 앞서 본 <손 없는 처녀>의 경우에는 악마가 아버지에게 경제력과 딸의 생명을 거래하는 것이었다면, <향나무>에서는 계모 안의 악마가 부추긴 결과로 의붓아들을 죽이고 만다.

<향나무>와 <약 되는 아들 간>은 자식을 살해하여 '먹는' 행위를 전제하고 있다는 점에서 더욱 가혹하다. <약 되는 아들 간>에서는 아들을 실제로 먹지 않지만, 계모가 자신의 병이 사람의 간을 먹어야 낫겠다고 하고, 이에 대해 아버지는 자신의 아들 간을 꺼내어 부인의 병을 낫게 하겠다고 결심한다. <향나무>에서는 더욱 잔혹하다. 계모가 아무렇지도 않은 듯 의붓아들의 목을 부러뜨려 죽게 하고서는 친딸에게 그 혐의를 씌우고, 죽은 의붓아들을 음식으로 만들어 아버지를

---

76) <콩쥐팥쥐전>의 경우, 콩쥐도 살해당했다가 다시 살아나는데, 이는 팥쥐에 의한 것이지 계모에 의한 것이 아니다.

먹인다. 이러한 점에서 이 두 이야기는 의붓자식 살해와 함께 식인 모티프를 포함하고 있다고 할 수 있겠다.

두 이야기에서 계모가 의붓아들에 대해 단순한 가학이 아니라 살해 시도를 하는 것은 자신과 혈연관계가 없는 '아들'의 존재를 없애야만 하는 대상으로 설정하고 있음을 보여준다.[77] 그럼에도 살해당한, 혹은 살해될 뻔한 의붓아들은 다시 현실 세계-자신의 고향집-으로 돌아와 계모를 단호히 처단한다.

이러한 의붓아들의 행보는, 서사구조 상 원래 집으로의 회귀라는 순환 구조를 띤다고 할 수 있다. <향나무>의 아들은 죽었다가 새로 환생하고, 다시 향나무 아래에서 원래의 아들 모습으로 다시 살아난다. <약 되는 아들 간> 유형, 그중에서도 <인간을 먹어야 낫는다는 이붓어미> 각편은 아들이 살해 시도를 피해 서울로 도망을 갔다가, 살아 돌아와 원래 가족들의 악행에 대해 보응한다.

---

77) 김혜정은 한국과 중국의 <약 되는 아들 간> 설화를 비교하면서 "'약 되는 아들의 간'유형 설화의 하위 유형인 과거급제형, 혼인확대형, 송아지아들형에서도 전처소생은 모두 외동아들이다."(김혜정, 「한·중 "약 되는 아들의 간" 설화의 전승 양상 비교 연구」, 『국제어문』 73, 국제어문학회(구 국제어문학연구회), 2017.)라고 했는데, 이로 볼 때 의붓자식이 '아들'인 점은 매우 유의미하다고 판단된다.

가족 갈등 서사의
상호문화적 이해

현대 문화콘텐츠로 보는
가족 갈등 서사

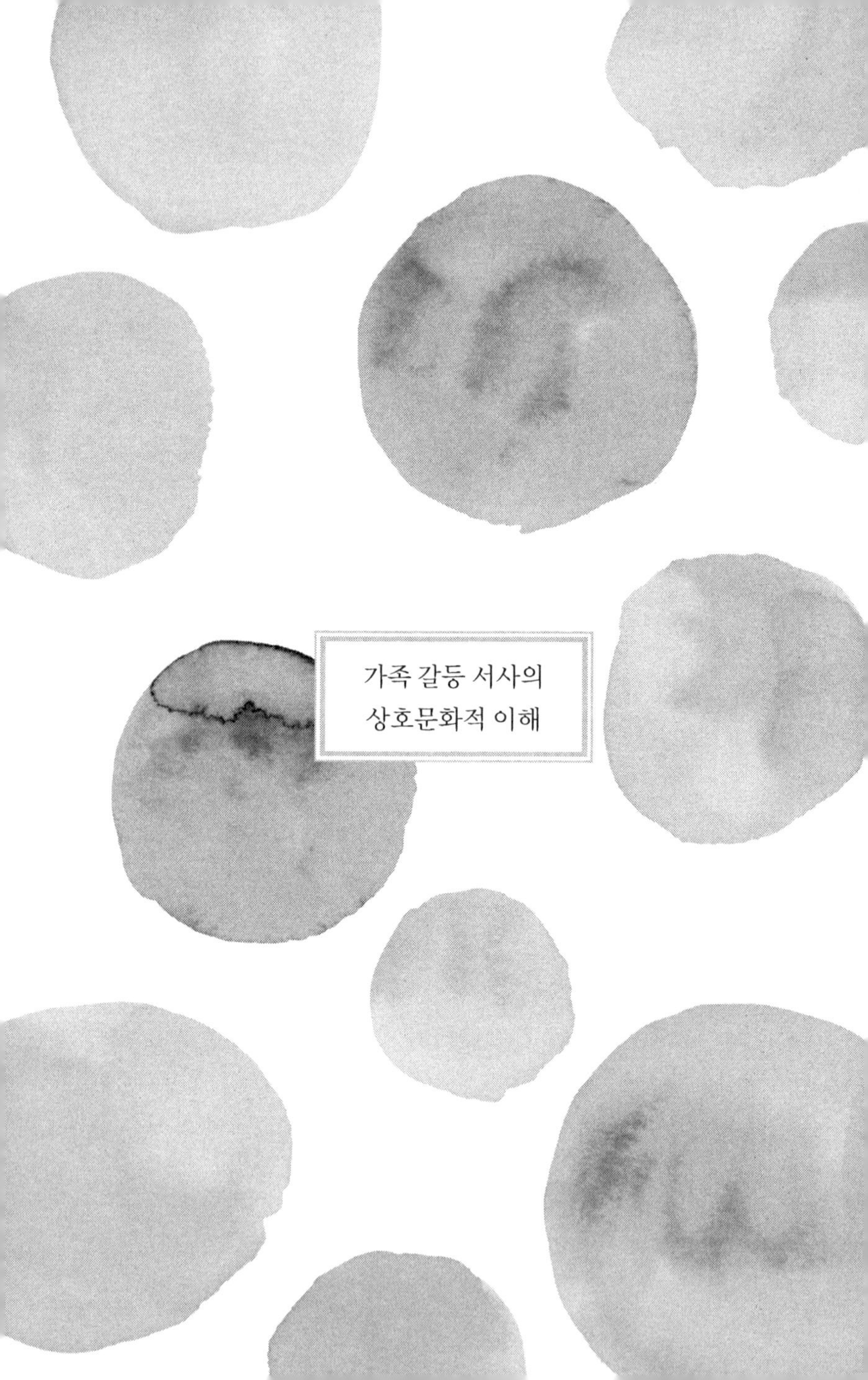

가족 갈등 서사의 상호문화적 이해

가족 간 갈등의 문제는 현대에서도 다양한 양상으로 일어나고 있고, 여러 양식의 문화콘텐츠로도 생산되고 있다. 현대 영화 속 가족 갈등을 이제까지 살펴보았던 고전 서사에서의 가족 갈등과 관련지어 봄으로써 현대인의 관점에서 가족 갈등의 문제와 해결 방식에 대해 고찰해 보도록 한다. 여기서는 한국 영화 <어린 의뢰인>과 <해피뻐스데이>를 통해 가족 갈등의 양상과 해법에 대해 살펴보겠다.

(1) 영화 〈어린 의뢰인〉

● 영화 〈어린 의뢰인〉 개요

이 영화는 계모와 의붓자식 관계를 중심으로 가족 갈등을 다루고 있는데, 실화를 바탕으로 하였다는 점에서 화제가 되기도 하였다.[78] 이 영화에서 다루어진 가족 갈등 분석을 위해 주요 내용 요약을 제시하면 다음과 같다.

변호사 정엽은 로펌을 찾아 취업하고자 하지만 번번이 실패한다. 취업을 못해 빈둥거리던 정엽을, 정엽 누나가 복지관에서 업무를 보도록 한다. 정엽은 복지관 일을 맡아 하다가 다

---

[78] 영화 <어린 의뢰인>은 2019년에 개봉되었으며, 감독은 장규성으로 이동휘, 유선 등이 출연하였다.
어린 의뢰인(2019),
https://namu.wiki/w/%EC%96%B4%EB%A6%B0%20%EC%9D%98%EB%A2%B0%EC%9D%B8
참고.

빈과 민준 남매를 알게 된다. 다빈은 10살 소녀이고, 민준은 7살 소년인데 엄마 없이 외롭게 지내다가 새엄마와 함께 산다. 그렇지만 새엄마와 생활하게 되면서 남매에게 불행이 닥친다.

그 새엄마는 민준이 음식을 흘린다는 등 갖가지 이유로 폭행하고, 다빈에게도 민준을 제대로 가르치지 않는다고 폭행한다. 다빈이 경찰서에 신고해도 경찰은 아이가 바르지 못해 엄마를 고발한다고 반응하고, 복지관에서도 별로 신경 쓰지 않는다. 다빈과 민준에게 집은 새엄마의 폭행이 난무하는 공포의 공간이 되고, 그래서 남매는 집 대신 복지관을 찾다가 정엽과 친해지게 된다.

그러다 정엽이 서울에 있는 어느 로펌에 취직하게 된다. 정엽은 다빈 남매와 헤어지기 어려운 상황이 되니 오만 원을 주면서 다음에 햄버거를 같이 먹겠다고 약속한다. 남매는 어려움이 있을 때 정엽과 연락하고 싶어 하나, 정엽과 연결이 잘되지 않는다. 그러던 중 정엽이 서울에 가면서 준 오만 원을 보고 있던 민준이 그 돈 때문에 새엄마에게 맞다가 죽게 된다. 새엄마는 민준이 자신의 지갑에서 오만 원을 훔쳤다고 보았기 때문이다.

정작 민준이 죽게 되자, 새엄마는 다빈을 겁박하여 다빈이 동생을 죽였다고 자백하도록 한다. 뒤에 민준의 죽음과 다빈의 허위 자백을 알게 된 정엽이 서울에서 돌아와 남매가 겪은 가정 폭력의 진실을 밝힌다. 수집한 증거를 근거로 부모를 고발하여 재판이 열리고, 그 결과 계모는 아동학대 및 상해 치사로 징역 16년을, 아버지는 아동학대 방치죄 징역 5년을 선고받는다.[79]

<어린 의뢰인>은 변호사 정엽의 눈을 통해 다빈과 민준 남매의 이야기가 제시된다. 이 영화의 소개에서 던지는 "당신은 이 아이를 외면하시겠습니까?"[80]라는 질문은 영화 내적으로는 변호사 정엽, 혹은 다빈과 정준 남매 주변의 사람들에 대한 것으로 보이지만, 실은 우리 모두에게 이런 현실을 외면할 것이냐는 질책처럼 느껴지기도 한다.

이는 어린 남매가 처한 문제 상황을 알려고도 하지 않으며, 도와주지도 않는 사회에 대한 질문이기도 하다. 왜냐하면 <어린 의뢰인>에서도 말해 주듯 재혼 가정에서의 아동학대가 지금도 여전히 일어나고 있음에도 불구하고, 어떤 현실적 해결이나 예방이 어렵기 때문이다. 이 영화 속 현실에서도 사회복지 제도가 엄연히 존재하며, 사회복지관 담당 직원이나 다빈이 담임 선생님도, 아랫집 아주머니도 다빈이의 학대를

---

79) 이 요약은 다음에 제시된 줄거리를 바탕으로 수정, 보완한 것이다. 서유경, 「<장화홍련전>과 <어린 의뢰인>의 가정 폭력 서사 비교」, 『선청어문』 51, 서울대학교 국어교육과, 2022.
80) 어린의뢰인(2019),
https://namu.wiki/w/%EC%96%B4%EB%A6%B0%20%EC%9D%98%EB%A2%B0%EC%9D%B8

알고 있다. 그럼에도도 불구하고, 이들은 다빈이의 문제를 더 깊이 알려고 하지 않고 해결하려고도 하지 않는다.

다음 절에서 <어린 의뢰인>에 나타나는 가족 갈등의 양상과 해결 과정에 대해 분석함으로써 상호문화적 의미를 생각해 보기로 한다.

계모와 의붓자식 간의 갈등은 예전에도 있었지만 현재도 일어나고 있는 현실적 문제이자 사건이라는 것을 이 영화를 통해 확인할 수 있다. 여기서 과거에도 있었던 가족 갈등, 그 중에서도 계모로 인한 의붓자식 학대와 살해라는 사건을 영화 <어린 의뢰인>을 통해 살펴봄으로써 우리의 고전 서사를 현대 사회와 관련지어 상호문화적으로 이해할 수 있다는 의의가 있을 것이다.

영화 속 사실이 실제 사건과 똑같다고는 할 수 없으나, 실화를 바탕으로 하였다는 점에서 사건 일지를 참조할 필요가 있다.[81] 기사를 참조하여 '칠곡 아동학대 사건'을 정리하면, '2012년에 김씨와 재혼한 계모 임씨가 2013년에 김씨의 자매 중 동생을 때려 숨지게 하였고, 그사이에 숨진 딸의 담임교사가 보건복지 콜센터로 아동학대 신고를 했음에도 학대가 없었다고 판정되었으며, 최종적으로 계모 임씨는 징역 15년, 친부 김씨는 징역 4년을 선고받았다.'는 것이다.

영화 <어린 의뢰인>은 칠곡 아동학대 사건과 유사한 사건 전개를 보이면서, 실제 사건에는 없었던 변호사 정엽의 시선과 사건의 본질을 밝히려는 노력을 통해 가정 내 아동학대 사

---

[81] 칠곡 아동학대사건 일지(송고2015-05-21 10:41)
     https://www.yna.co.kr/view/AKR20150521074900053

건이 해결되는 과정을 보여준다. 그리고 실제 사건에서는 계모와 의붓자매 사이의 갈등이었으나, <어린 의뢰인>에서는 계모와 의붓남매 사이로 달라져 있다. 또한, 친부와 계모에 대한 징역형의 기간이 1년씩 더해져 있어, 징벌이 더 강화되어 있다.

이제 영화 속 가족 갈등과 이제까지 살펴본 고전 서사 속 가족 갈등을 비교해 보도록 하자. <어린 의뢰인>에서 가족 갈등이 일어나는 가족 관계는 계모와 의붓자식들-다빈과 민준 남매-로 고전 서사에서의 가족 관계와 동일하다. 차이가 있다면 갈등이 분출되는 방식이다. 즉 고전 서사에서는 계모가 직접적 폭행보다는 의붓자식이 괴로움에 지칠 정도로 힘든 일을 시키거나 다른 사람에게 폭행하도록 하는 방식인데 비해, <어린 의뢰인>에서는 계모가 직접적 폭력을 가하여 의붓아들을 살해하는 지경에 이른다.

이렇게 지금까지도 반복되고 있는 가정 내 자녀 학대와 살해는 그 가해자와 피해자의 관계로 볼 때 일방향으로 이루어지는 특성을 보인다. 앞서도 확인했듯이, 가족 갈등으로서 의붓자식이 피해를 입는 경우, 많은 사례로 볼 때 부모가 자식에게 가하는 가혹한 행위에 항거하지 못함을 알 수 있다.[82]

---

[82] 계모의 악행에 대해 당하지 않고 이겨내는 예로 <드러난 계모의 간계>(『한국구비문학대계』 6-5)를 들 수 있다. <드러난 계모의 간계>에서는 계모가 계략을 세워 딸의 정절에 문제가 있는 것처럼 모

이는 원조자의 존재 여부에 따라서도 달라진다.

<어린 의뢰인>에서는 가정 내에서 학대를 당하는 아동을 알고 있으면서도 실제로 도와주는 손길은 없었기에 어린 남매는 죽거나 살인죄를 뒤집어쓰게 된다. 방관자는 있지만, 원조자는 없는 것이다. 그에 비해 <콩쥐팥쥐전>이나 <손 없는 색시>에서는 의붓딸이 혼인을 통해 남편을 구하면서 계모가 가하는 고난에서 벗어날 기회를 얻고, <약 되는 아들 간>에서는 의붓아들이 백정 부부라는 외부인에 의해 구조가 되는 것을 보여준다. 결국 가정 내에서든 밖에서든 가해를 당하는 자녀들이 의지할 곳이나 도움받을 곳이 없으면 일방적으로 피해를 입을 수밖에 없음을 알 수 있다. 아무리 나쁜 부모라도 어린 자식에게는 유일한 부모이며, 부모에게 양육을 받아야 하는 자식은 힘없는 약자일 뿐이기 때문이다.[83]

여기서 이런 이야기들에 보이는 '계모'의 성격과 위상에 대해 생각해 볼 필요가 있다.[84] 가족 갈등을 보여주는 이야기

함하려 하지만, 그에 상응하는 딸이 지혜를 발휘해 계모의 간계를 물리치고 행복한 결말을 맞이하는 특이성을 보인다.

[83] 이는 <약 되는 아들 간> 설화에서 아들은 부모가 자신의 간을 적출하기 위해 데리고 간다는 것을 알고 있으면서도 별다른 대응을 하지 못하고 따라가는 데에서도 추론할 수 있다.

[84] 왜 이러한 가족 갈등 서사에서 비극의 원인을 계모에게서 찾고 계모를 징벌함으로써 해결하는지에 대해서는 또 다른 논의가 필요할 것 같다. 이정원은 악녀 계모의 모습이 향유층에 의해 환상적으로 만들어진 것이라 하였고(이정원, 「<장화홍련전>의 환상성」, 『고

나 실제 사건에서 계모는 악한 사람, 진짜 엄마보다는 못한 사람, 혹은 아무리 해도 진짜 엄마가 될 수 없는 사람이라는 성격이 부여되어 있다.[85] 이들 서사는 "계모는 진짜 엄마가 될 수 없는 가짜 엄마인 것인가?"라는 질문을 던지며, 가정 내에서 아이들이 죽어 나가는 것은 결국 부모 때문이라는 시각을 내비친다.

특히 계모의 의붓자식 학대 때문에 더욱 부각되는 것이 아버지의 어리석음 또는 무능함이다. <콩쥐팥쥐전>에서 아버지 최만춘이 새 부인에게 현혹되어 계모에게 모든 가사를 맡기고 잘하리라 믿고서 집안일이 어떻게 돌아가는지를 전혀 모르는 무심한 인물이었다면, <장화홍련전>의 아버지 배무룡은 자신의 자식이 임신 사실을 숨기려고 낙태했다고 계모가 모함을 해도 계모의 말을 그대로 따라 스스로 친딸을 죽이라고 명하는 어리석은 인물이다.

우리 설화 <손 없는 색시> 중에도 이렇게 딸의 정절을 의

소설연구』 20, 한국고소설학회, 2005.), 윤정안은 계모에 대해 부정적으로 보는 당대의 시선이 <장화홍련전>에 영향을 끼쳤을 것이라 보았으며(윤정안, 「계모를 위한 변명 -<장화홍련전> 속 계모의 분노와 좌절」, 『민족문학사연구』 57, 민족문학사학회, 2015.), 이러한 논의들 이전에도 <장화홍련전>이 단순히 계모의 악행을 고발하는 이야기가 아니라 계모를 희생양 삼은 이야기라는 점이 분석된 바 있다.

85) 이러한 계모의 성격이 잘 나타나는 다른 이야기로 고전소설 <장화홍련전>을 들 수 있다.

심하게 하여 모함이 이루어지는 <계모에게 쫓겨난 손 없는 처녀>와 같은 각편이 있는데, 이 설화에서도 아버지는 계모의 말을 믿고 딸의 손을 작두로 자른 뒤 아들에게 누이를 죽이도록 시킨다. 하지만 <장화홍련전>과는 달리 남동생이 놓아주기 때문에 딸은 살아남게 된다.

계모가 자신의 자식을 구박하고 폭행해도 아무런 조치를 하지 않고 아버지가 오히려 계모의 역성을 드는 것은 고전 서사나 현대 영화 <어린 의뢰인>에서도 마찬가지이다. 여기에는 가장인 아버지의 경제적 문제도 한몫한다. 당장의 먹고사는 문제가 없다 하더라도, 고전 서사에서처럼 계모에게 친자식이 있는 경우에는 자신의 친자가 더 많은 몫을 가지게 하려고 괴롭히거나 죽인다. 그런가 하면, <어린 의뢰인>에서처럼 계모가 의붓자식과 함께 살기 싫으면서도, 의붓자식 양육비로 자신의 생활비를 충당하기 위해 어쩔 수 없이 의붓자식 양육을 받아들이기도 한다.

이러한 아버지와 계모의 연합은 가족 갈등이 있는 집안에서 자녀들이 피해자가 될 수밖에 없음을 의미한다. <어린 의뢰인>에서 다빈이가 어느 곳에서도 도움을 받지 못하자, "어른들은 아무 상관 안 해."라고 절망스럽게 말하는 데에서 확인할 수 있다.

가족 갈등의 해결 측면에서 <어린 의뢰인>과 고전 서사의 차이는 갈등 해소의 공공성이다. 옛날이야기나 현대의 이야기에서 가족 갈등 그리고 가족 갈등으로 인한 자녀의 피해에 대해 공식적으로 완벽하게 예방하거나 해결할 수 있는 방법을 찾지는 못하지만, 자녀에게 해를 가한 부모에 대한 징벌은 주어진다.

그런데 그 해결이 사적 처벌인지 혹은 공적 처벌을 통해 공공성의 영역으로 확대하고 있는지는 이야기에 따라 다른 것으로 보인다. 고전 서사라고 하여 사적 처벌만 횡행하는 것이 아니며, 현대 서사에서도 공적 징벌에 만족하지 못하여 일종의 사적 복수 행위로 직접적 처벌을 시도하는 경우가 있기 때문이다. 이러한 이야기 양상은 가족 갈등의 해결을 통한 정의나 진실 추구가 어느 한 개인에 의해서나 가정 내 권위에 의해서는 어렵다는 인식과 함께 사회 구성원 전체의 관심과 노력이 필요함을 말해 준다 하겠다.

(2) 영화 〈해피뻐스데이〉

◉ 영화 〈해피뻐스데이〉 개요

영화 <해피뻐스데이>는 가족이라는 이름으로 생일을 맞은 어느 가족 구성원에 대해 온 가족들이 살해를 공모하고 실행하는 과정을 다루고 있다. 이 영화는 제41회 홍콩국제영화제 국제비평가협회상 수상작으로 이승원 감독이 두 번째로 내놓은 장편영화이다.[86] 가족 내에서 일어나는 일을 중심으로 서사를 전개하는 데에도, 가족 구성원의 수가 많고, 가족 구성원마다 가지고 있는 문제가 사건화되고 있어, 서사 전개가 복잡하면서 서사적 상황이 어지러운 면이 있다.[87] 가족 갈등과 관련하여 이 영화를 살펴보고자 한 것은 현대 사회에 들

---

[86] 김소희, <해피뻐스데이> '가족'이라는 범주 안(2017.11.8.)
https://cine21.com/news/view/?mag_id=88642

[87] 이러한 <해피뻐스데이> 서사의 잔혹성과 극단성, 일탈성으로 인해 이 영화는 성인만 관람할 수 있는 등급이다.

어 가족 갈등이 드러나는 국면의 잔인성과 차마 말하지 못하는 가족 문제에 대한 어느 한 가족의 해결 방식을 <해피뻐스데이>가 잘 보여주기 때문이다.

<해피뻐스데이>에서의 가족 갈등 문제를 자식 살해, 혹은 가족 살해라 할 때, 이런 서사가 예전에 아예 없었다고 할 수는 없지만 많다고 하기는 어려울 것 같다. 왜냐하면 친자식 죽이기와 같은 존속 살해는 예나 지금이나 우리 사회에서 도덕적 금기이기 때문이다. 그래서 친자식 죽이기 서사에는 대개의 경우, 그럴 수밖에 없는 정당해 보이는 이유가 맥락화되어 있는 편이다. 이는 서양의 경우에도 마찬가지다.[88]

오히려 친자식 살해 이야기는 오래전부터 허구 서사보다는 실제 사건 기록으로 전해짐을 볼 수 있다. 아버지가 친아들을 죽이기도 하고, 어머니가 자식을 죽이기도 하며, 패륜적으로 자식이 부모를 죽이는 사건도 있다. 그런데 지금까지 전하는 옛 기록에 보이는 이런 놀랍고도 잔혹한 사건은 그 이유에 죽임을 당하는 가족을 희생양으로 삼을 만한 명분이 자리 잡고 있음을 알 수 있다. 대표적인 것이 효 이데올로기이다. 자식이 아버지를 살리기 위해 자신의 자식을 죽이는 것

---

88) 김맹하는 여성이 사랑의 문제로 남편에 대한 복수로 자식을 죽이는 모성 파괴의 양상을 비교, 분석한 바 있다(김맹하, 「사회적, 도덕적 금기의 미학적 형상화-제주설화『한 보람 없다』와 에우리피데스의 『메데이아』에서 자식살해 모티브 연구」, 『세계문학비교연구』 41, 세계문학비교학회, 2012.).

은 잔혹하지만 드높여 칭찬할 사적으로 기록된다. 혹은 부모님의 건강, 연명을 위해 자식이 자신의 허벅지 살을 끓여 고깃국을 만들어 먹이는 이야기를 본받을 만한 효 이야기로 전해지기도 한다.

그렇다면 가족 누군가를 살리기 위해 다른 가족을 죽이는 일은 정당한 것인가? 가족이라면 그 누구도 서로 죽이는 것은 안 되지 않는가? 이에 대한 답에서 우리가 이제까지 살핀 가족 갈등 이야기에서 자식을 죽이는 주체가 친부모보다는 계모 쪽으로 강조되어 있는 이유를 짐작할 수 있다. 가족 외부에서 새로이 들어온, 관계가 어색할 가능성이 높은 계모와 계모의 친자가 가족 살해의 주체가 될 가능성이 높다고 보는 것이다. 그렇지만 실제 현실에서 일어나는 사건들을 보면, 자식 살해가 비단 계모라서 쉽고, 친부모라서 있을 수 없다고 할 수는 없을 것 같다.[89]

<해피뻐스데이>에 대한 대략적 이해를 위해 다음과 같이 주요 내용을 정리해 보았다.

---

[89] 이소현에 의하면, 계모가 대부분 악역으로 등장하는 것은 혈연관계를 중시하는 가족의 의미에 혼란을 주는 존재가 계모이기 때문이며, 아동학대를 저지르는 대다수는 친부모이다(이소현, 「아동학대의 재현과 모성 신화: <미쓰백>과 <어린 의뢰인>의 서사 분석을 중심으로」, 『한국콘텐츠학회논문지』 22권 6호, 한국콘텐츠학회, 2022, 196쪽).

이 가족의 출생 순서상 첫째 아들인 승현은 뇌성마비로 인해 거동을 못하고 3층 꼭대기 방에 살고 있다. 승현의 생일날, 며느리 선영이 생일 음식을 준비하는데 도와주는 다른 가족이 없고, 시어머니는 아들 성일이 좋아하는 새우튀김을 준비하라고 닦달한다. 이 집의 출생 순서로는 둘째이지만 가족끼리는 첫째라고 부르는 아들 기태는 봉고차와 큰 짐가방을 구해와 동네 교회 앞에 주차하고, 교복 입은 승환은 칼을 들고 집에 와서는 모두 죽여버리겠다고 한다. 이때 여자 친구 정복을 데리고 집에 온 성일이 승환을 제압한다. 이렇게 승현의 생일에 모든 가족이 집에 모인다.

외삼촌이 와서 가족을 둘러앉히고 가족 모두의 동의를 문서로 남겨놓아야 한다며 동의서를 꺼낸다. 기태가 중국 거래처에서 구한 독약을 내놓자, 엄마는 독약의 효과가 확실한지 확인한다. 가족 간 의논 끝에, 동의서는 엄마를 위한 것임을 확인하고 엄마와 외삼촌이 서로의 동의서를 각각 갖기로 하자 가족들은 서명을 한다. 엄마가 공증비라며 돈봉투를 건네자, 외삼촌은 받아 챙기고 돌아간다.

이제 가족은 생일을 맞은 승현의 마지막 소원이라도 들어주듯, 장애인 성 도우미를 불렀으나 문제가 생기고, 여장을 하고 데이트하려던 상훈을 여동생 아현이 몰래 상훈의 본모습이 담긴 사진을 전송해 방해하자, 상훈이 아현을 때린다. 한편 승환은 엄마에게서 10만원을 받는 조건으로 서명한 동의서가 사실은 승현을 죽이는 데 대한 것임을 알고 화를 내는데, 엄마는 20만원과 나이키 신발, 트레이닝복이라는 새로운 조건으로 무마한다.

저녁 식사가 준비되자 누가 독을 뿌릴지 미루다가 결국 엄마가 독약을 뿌리고, 가족들은 2층 거실에서, 승현은 3층에서 생일 밥상을 받는다. 승현이 식사할 때 엄마가 승현에게 갔다 와서는 차례로 한 명씩 승현에게 가서 시간을 보내도록 한다. 이때 성일의 여자 친구 정복이 게임을 하러 가야 한다고 난리를 피워 나가고, 승환도 밖에 나갔다 오겠다고 한다.

각자의 방식으로 승현과 마지막 시간을 보내는 사이, 엄마, 기태, 선영은 술을 마시며 과거사를 들어 서로 심한 말을 한다. 이들은 승현을 죽이는 데 일말의 거리낌을 갖는 듯 보이기도 하지만, 곡은 해도 슬퍼하지는 않아 보이는, 승현이 죽는 것이 차라리 낫다는 듯한 태도를 보인다. 막내 승환이 새벽에 돌아와 승현에게 갔을 때에는 이미 죽어 있었다.

날이 밝자 가족들은 시신 유기를 위해, 준비한 가방에 승현의 시신을 넣고 봉고차로 간다. 봉고차 앞에서 기태와 마주쳤던 교회 장로를 다시 보게 되자 선영이 가족을 위한 기도를 부탁한다. 장로가 기도를 시작하자 승현의 영혼이 나타나 가족들 얼굴을 하나하나 쳐다본다. 가족들과 함께 승현의 영혼도 봉고차에 타고 간다.

<해피뻐스데이>의 서사를 이해하기 쉽게 하는 차원에서 등장인물을 정리하자면, 6남매의 엄마, 첫째 아들 승현, 둘째 아들 기태, 기태의 부인 선영[90], 셋째 아들 성일, 성일의 여자 친구 정복, 넷째 딸 아현, 다섯째 아들 상훈, 여섯째 아들 승환 등이다. 그런데 가족 외부, 사회적으로는 첫째 아들 승현의 존재가 알려져 있지 않은 것으로 보인다.[91] 이를 의식한 것인지 가족끼리의 대화에서도 기태를 첫째라고 부르고, 셋째 아들 성일을 둘째라고 부른다.

이들 가족은 장애, 성폭력, 성 정체성, 중독 등과 관련하여 각자 그러한 문제의 당사자이거나 피해자임을 드러낸다. 첫째 승현은 장애가 매우 심하여 거동이 불편한 정도이지만 외부에 알려져 있지 않고, 셋째 성일이 틱 장애가 있다는 것을 주변인들은 알고 있다. 넷째 딸 아현은 성일이 가한 성폭력의 피해자이며, 다섯째 상훈은 여성이 되고 싶은 아들이고, 여섯째 승환은 불량스러운 동네 형들과 어울리다 나쁜 일에 연루되기도 한다. 그런가 하면 기태와 선영 부부의 결혼 과정도 기태의 범죄 행위 때문인 것으로 보여주어, 기태라는 인물이 지닌 문제를 암시한다. 다름이 아니라 원래 선영은 성일

---

90) 그런데 선영은 원래 기태 동생 성일과 동거하던 사이다.
91) 이는 이 영화의 초반부에서 기태가 교회 앞 주차장에 봉고차를 세우면서 김 장로를 만났을 때 나누는 대화에서, 기태가 자신이 첫째 아들이라고 하는 말을 통해 확인할 수 있다.

과 6개월간 동거하던 여성으로 성일이 선영과 결혼하려 하였으나 기태가 반대하고, 이에 선영이 기태를 설득하려 찾아갔는데, 기태가 선영에게 약을 탄 술을 마시게 하여 강제적으로 선영과 결혼한 것이다. 그래서 선영은 내심 자신의 낳은 아이의 아버지가 누구인지 미심쩍어한다.

● 가족 갈등의 상호문화적 의미

<해피빼스데이>에서 가족 갈등은 친어머니와 아들들 사이, 아들과 아들 사이, 아들과 딸 사이 등 가족 구성원 상호 관계에서 모두 일어나고 있음을 알 수 있다. 이렇게 이 가족의 구성원은 전체적으로 서로 갈등 관계를 지니고 있다. 그 원인으로는 친어머니나 아들들이나 며느리나, 심지어 여자 친구까지 모두가 갖고 있는 비정상성 혹은 어려움에서 찾을 수 있다.

친어머니는 대화 중에도 수시로 담배를 입에 물고 있고, 아무렇지도 않게 욕설을 뱉는 가학성이 있는데, 알고 보면 그녀도 성폭행을 당해 기태를 낳은 피해자이다. 이 어머니는 자식들을 돌아보며 "다 내 밑구멍으로 들어가. 다 죽어버렸으면 좋겠다."라고 말하고, 기태는 승현에게 엄마가 사랑해서 형을 죽이는 것이라고 하며, 엄마가 그렇게 하지 않으면 자기가 나중에 형을 죽였을 것이라고 말하며 운다.

이렇게 <해피빼스데이>에서는 어머니와 자식들 사이에서 서로를 향해 욕설이나 저주를 아무렇지도 않게 쏟아 낸다. 그렇지만 그렇다고 하여 이들 가족 간의 갈등이 증오나 분노와 같은 감정으로만 표출되는 것은 아니다. 은연중 가족으로서 가진 애틋한 마음을 가지고 있어,[92] 수시로 폭발적으로 고함

---

92) 이는 승현의 생일상에 독을 뿌려 먹이고서 승현이 죽기를 기다리는 동안, 가족들이 각자 10분씩 승현의 방에 들어가 작별 인사를 하는

이나 욕설이 쏟아지다가도 금방 아무렇지도 않은 듯 가라앉기도 한다. 그래서 이 영화가 진행되는 동안 가족들 간의 갈등이나 감정 대립은 어지럽게 충동적으로 분출되는 특성이 있다.

앞서 이 영화의 등장인물을 살펴보면서 언급하였지만, 이 가족의 아들, 딸들은 장애, 성폭력 피해, 성 정체성 문제, 중독 문제 등 다양한 문제들 중에서 한 가지 이상을 갖고 있다. 그런데 이러한 가족들이 공모하여 가장 큰아들―심신 장애가 심하여 방에서 나오지도 못하고 사람들에게 존재도 알려져 있지 않은, 의사소통도 잘 되지 않는―을 죽이기로 하였으니, 매우 아이러니하게 느껴진다.

우리의 전통적 고전 서사에서는 인물이 지닌 비정상성이나 장애가 인물의 고귀함이나 비범성의 표지가 되어, 앞으로의 더 큰 성장 가능성을 암시하기도 한다. 예를 들어 고구려를 건국한 주몽은 태어날 때 알로 태어났으며, 최치원은 태어났을 때에 손톱과 발톱이 돼지처럼 보였다고 한다. 아기장수 설화에서는 아기가 태어났을 때에 겨드랑이에 날개가 있거나 비늘이 있어 비상한 재능을 보이기도 한다. 물론 이러한 인물들은 태어나면서 가진 그 특이성 때문에 버려져 죽기도 하지만, 구원자나 조력자를 만나 영광스러운 결말을 맞이하

장면에서 볼 수 있다.

 가족 갈등 서사의 상호문화적 이해

기도 한다.

주몽은 버려졌지만 천우신조로 살아나고 집에서 벗어나 고구려를 건국한 영웅이 된다. 최치원도 아버지에 의해 버려지지만 결국 중국에 맞서 나라를 구하는 영웅이 된다. 한편, 아기장수의 경우에는 태어나면서부터 가진 능력을 부모가 두려워하게 되면서 아기장수는 부모 손에 의해 직접 살해 당한다.[93]

이런 점에서 <해피뻐스데이>에서 죽음을 당하는 첫째 아들 승현은 뇌성마비라는 병으로 인한 심각한 장애를 지니고 있다는 점에서 고전 서사의 주인공과 유사한 측면에서 볼 수 있다. 특히 승현이 온 가족이 죽이기로 결정한 인물이 되어, 가족에 의해 그것도 자신을 낳은 친어머니에 의해 죽임을 당하고 만다는 점은 아기장수 설화와 비견된다. 그렇지만 아기장수와 승현이 당하는 죽음의 원인에는 차이가 있다. 아기장수는 가족 외적 힘에 의해 죽음이 강요되는 측면이 있는 반면, 승현은 가족 내적 요구에 의해 죽음이 촉발되기 때문이다.

이렇게 현대 서사 <해피뻐스데이>에서는 어떤 가족이 가

---

93) 물론 아기장수의 결말은 매우 다양하여, 아기장수가 죽음에 이르는 과정이 각편에 따라 다르게 나온다. 부모의 직접적 살해가 일어나기도 하지만 관군이나 다른 인물에 의해 살해당하기도 하여 아기장수의 죽음을 누구 때문으로 보는지에 대해서는 다른 해석을 할 수 있다. 그렇지만, 공통적으로는 부모의 직간접적 행위에 의해 아기장수가 죽게 된 것이라고 할 수 있다.

진 차별적 요인에 대해, 죽여서 없애버리고 싶은 성질로 간주한다. 그래서 장애 가족의 살해에 대해 묵시적으로 긍정하고 실제로 그 가족 살해를 실행하는 차이를 보인다. 뿐만 아니라 <해피뻐스데이>는 가족 간 갈등이 친형제를 죽이고 친자식을 죽일 수 있음을, 그것도 가족이 공모하여 가족을 죽이고도 아무렇지도 않게 삶을 이어갈 수 있음을 보여준다.

특징적인 것은 살해 당하는 승현에 대해서는 영화가 진행되는 내내 침묵한다는 점이다. 승현은 심각한 장애로 인해 자신이 처한 상황을 인식하기도 어려웠기 때문이라 할 수 있지만, 승현은 자신을 죽이는 가족들에 대해 반감을 표시하지 않는다. 영화의 마지막 장면에서 영혼이 된 승현이 가족과 함께 어우러져 서 있는 부분이나 자신의 시신을 처리하기 위해 봉고차를 타고 가는 가족 사이에 앉는 승현의 모습은 자신의 죽음에 대한 원망이나 미움보다는 행복한 느낌을 준다.

정리하자면, 앞서 본 여러 고전 서사에서 자식 살해는 계모와 의붓자식, 혹은 의붓자식을 두고 계모와 아버지가 가진 갈등으로 일어나지만, <해피뻐스데이>에서는 장애가 있는 자식과 친모, 여러 형제, 그리고 관련자들 사이의 불편감으로 인해 일어난다. 계모와의 갈등을 다룬 고전 서사에서는 계모라서, 자신이 낳지 않은 아들이기에 아들을 아무렇지도 않게 죽일 수 있었다면, 영화 <해피뻐스데이>는 친모도 아들을 죽일 수 있다는 것을 보여준다.

⑶ 의붓자식 갈등의 드라마식 확대

텔레비전 드라마에서 혈연관계가 없는 부모로 인한 가족 갈등이나 의붓자식이 겪는 갈등은 수도 없이 반복되어 온 서사적 요소로 대중적 인기를 만드는 힘이 되기도 한다. 그래서인지 일일드라마, 주말 드라마, 아침 드라마 할 것 없이 많은 대중적 드라마에서 혈연관계가 없는 가족 관계로 인한 갈등이 등장한다. 그러나 이러한 현대 텔레비전 드라마에서 보이는 가족 갈등 양상은 우리 고전 서사에서처럼 단순하지 않다. 의붓자식을 친자식처럼 잘 길러내기도 하고, 어떤 점에서는 친부모보다 더 의붓자식을 사랑하는 법적 부모들이 보인다. 그런가 하면 가족 구성원 간의 친소 관계도 다양하게 설정되어 있다. 혈연관계가 없어도 친형제처럼 잘 지내는 형제도 있고, 혈연으로 맺어진 부모 자식 관계가 남보다 못한 경우도 있다.

이렇게 볼 때, 현대 서사 양식인 드라마에서 보여주는 혈연관계 여부 문제로 일어나는 부모 자식 갈등의 양상은 고전 서사처럼 간명하지 않다고 할 수 있다. 혈연관계가 없음에도 불구하고 부모 자식 사이가 되는 경우가 아버지의 재혼으로 인한 계모 관계뿐만 아니라 입양에 의한 양모(養母) 관계, 아버지의 외도로 인해 생긴 자식이 갖게 되는 적모(嫡母) 관계 등 다양한 양상으로 확대되고 있는 것이다. 이는 자식의 입장에서 새로이 어머니를 갖게 되는 경우가 단지 친어머니의 죽음만이 아니기 때문이다. 그래서 현대의 다양한 드라마에서는 친모와 양모 사이에서 갈등을 겪는 자녀의 문제가 다루어지기도 하고, 양모나 계모의 자식과 갈등하는 의붓자식의 문제가 다루어지기도 하는 등 가족 갈등의 양상이 복잡해지고 확대되고 있음을 볼 수 있다.

이러한 가족 갈등의 드라마식 확대를 <제빵왕 김탁구>를 통해 살펴보자. <제빵왕 김탁구>는 전체 30부작으로 2010년 6월 9일부터 2010년 9월 16일까지 KBS2에서 방영된 드라마이다. 최고 시청률 49.3%으로 매우 인기 있었음을 알 수 있다.[94] 전체 서사는 김탁구라는 인물이 재벌가 장남이었음에도 서자로 태어남으로 인해 고생하며 자라다가 아버지를 찾고 자신의 재능을 발전시켜 성장해 나가는 이야기이다.

이 드라마에서 볼 수 있는 가족 갈등은 주인공 김탁구와 친아버지의 관계를 끊어놓고 싶어 하는 아버지의 법적 부인 사

---

94) 제빵왕 김탁구 홈페이지,
　　 https://program.kbs.co.kr/2tv/drama/takku/pc/index.html

이, 그리고 그 부인이 다른 남성에게서 낳은 법적 아들 구마준 사이에서 일어난다. 아버지와의 관계에서 보면 김탁구가 적자이지만, 탁구의 어머니는 법적으로 인정받지 못하는 관계였기 때문에 평생 탁구의 친부와 부부 관계로 살지 못하는 불행을 겪는다. 탁구를 더 이상 쫓겨 다니게 할 수 없었던 탁구의 친모가 친아버지 집에 탁구를 맡기면서 탁구와 법적 어머니인 적모, 의붓동생 구마준 사이에 갈등이 본격화된다.

탁구는 아버지와 어머니의 관계가 법적으로 인정받을 수 없는 상황에서 태어났기 때문에, 아버지의 존재를 모른 채 자란다. 이렇게 된 것은 서자를 절대 둘 수 없다고 결단하여 무슨 일이 있어도 탁구 모자를 없애버리고 싶어 한 아버지의 법적 부인 서인숙 때문이다. 탁구의 친어머니는 탁구를 낳기 위해 절대 탁구 아버지 집안에 나타나지 않겠다는 약속을 하고 궁벽한 곳에 숨어 살았고, 탁구에게도 아버지의 존재를 알리지 않고 키웠다. 그러나 쫓기며 생명에 위협을 받는 데에 지친 탁구 어머니가 탁구를 아버지 집에 맡기면서부터는 더욱 불꽃 튀는 갈등이 표출된다. 탁구의 적모나 그 아들 마준은 탁구를 세상에서 없애버리고 싶어 하기 때문이다.

그런데 <제빵왕 김탁구>에서는 왜 이렇게 탁구의 적모와 적모의 내연남이 자신들의 자식인 마준을 탁구 친아버지의 혈연 상 적자, 장남 자리에 앉히기 위해 고군분투하는가? <제빵왕 김탁구>에서 탁구 친아버지의 법적 부인 서인숙은 자신의 내연남과 함께, 탁구와 탁구 어머니를 세상에서 없애기 위해 온갖 나쁜 일을 계획하고 실행한다. 이러한 양상은 우리가 앞서 보았던 고전 서사에서 계모가 의붓자식을 죽이려고 모함하는 행위와 다르지 않다.

적모 서인숙과 함께 악행을 거듭하는 서인숙의 내연남-마준의 친아버지-는 드라마 전개 과정에서 탁구를 세상에 나오지 않게 하려고 탁구 어머니를 살해할 계획을 세우고, 탁구 모자를 발견할 때마다 납치, 폭행, 살해 시도를 한다. 이런 양상은 의붓자식이 적모로 인해 갈등을 겪는 데에서 나아가 적모의 내연남이라는 보이지 않는 의붓형제의 아버지 존재와도 갈등해야 하는 추가된 복잡성을 보여준다. 적모나 적모의 내연남이 이렇게 의붓아들을 박대하고 못살게 구는 것은 다름 아닌 사업 상속, 즉 경제적 실권 때문이다.

이러한 점에서 <제빵왕 김탁구>의 적모 서인숙 역시 재산 문제와 가문 승계권 때문에 의붓자식을 살해하려고 했다는 해석을 할 수 있다.[95] 아이러니한 것은 법적 부인의 이러한 시도는 실상은 친아버지의 혈연이 아닌 마준, 즉 아버지에게는 의붓자식인 마준에게 모든 것을 물려주려 했기 때문이다.

---

95) 곽천은 이에 대해 <제빵왕 김탁구>에는 정실, 후실, 적자, 서사 등의 유교적 이데올로기가 내포되어 있다고 하였다(곽천, 「중국형 한류 드라마의 서사적 특징에 관한 기호학적 연구 : <미남이시네요>와 <제빵왕 김탁구>의 비교 분석을 중심으로」, 건국대학교 대학원 석사학위논문, 2019.).

법적으로 본다면 마땅히 아버지의 가업이 승계되어야 할 자식의 존재를 부정하고, 자신의 친자에게 승계되도록 하기 위해 법적 부인은 악행을 거듭한다.

이렇게 고전 서사에서처럼 계모가 의붓자식을 불편해하여 집에서 쫓아내거나 일방적으로 계모가 의붓자식을 학대하는 방식의 갈등이 현대 서사에서는 확대된 의붓자식의 갈등 관계로 나타나고 있어, 의붓자식으로 인한 가족 갈등이 보편성을 지닌다고 할 수 있다. 그렇지만 가족 내에서 부모와 자식 간에 일어나는 갈등은 세부적으로 매우 다양하여 하나로 일괄할 수 없는 저마다의 사정이 있고, 혈연관계가 없다고 하여 갈등만 존재하는 것이 아니라는 서사별 특수성 역시 있다고 하겠다.

가족 갈등 서사의
상호문화적 이해

마치는 이야기

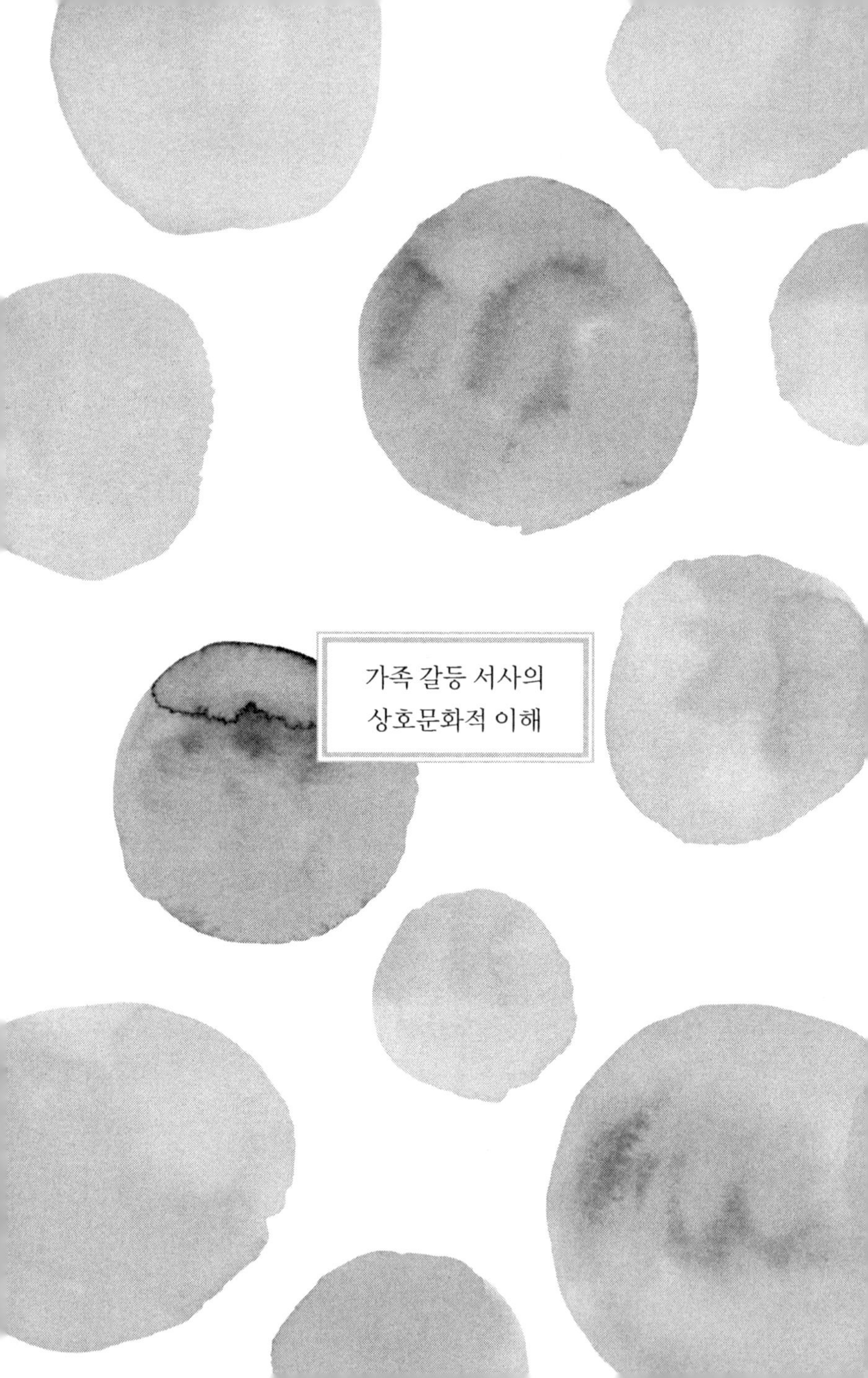
가족 갈등 서사의
상호문화적 이해

이 글에서는 가족 갈등, 그중에서도 부모와 자식 간의 갈등을 중심으로 상호문화적 이해를 탐색해 보았다. 이러한 가족 갈등에 대한 이야기는 동서양에 걸쳐 많이 향유되어 온 역사를 지니고 있으며, 이는 이런 문제의 보편성을 말해 준다. 시간의 흐름이나 문화, 인식의 발전과 상관없이 부모와 자식 간 갈등이 서사 속 주요 문제로 자리 잡아 온 것에서 이러한 가족 갈등의 보편성을 발견할 수 있다.

여기서는 <콩쥐팥쥐> 설화와 고전소설 <콩쥐팥쥐전>, 그림 형제 동화 <재투성이 아이> 이야기, <손 없는 색시> 설화와 그림 형제 동화 <손 없는 처녀> 이야기, <약 되는 아들 간> 유형 설화와 그림 형제 동화 <향나무> 이야기를 살펴보았다. 아울러 시간적 간극이 있는 현대의 문화콘텐츠로 확장하여 부모와 자식 갈등을 분석해 보았다. 상호문화적 관점에서 고전 서사와 현대 문화콘텐츠의 서사를 아울러 본다면, 부모와 자식 간의 갈등은 부모가 강자, 자식이 약자로 위치가 부여되어 사건화되는 경향이 있음을 알 수 있다. 그리고 부모가 계모이든, 친모이든, 친아버지이든 계부이든 자식과의 관계에서 문제가 생길 때 극단적이기까지 한 가해 행위가 벌어질 수 있음을 이들 서사를 통해 확인할 수 있었다.

가족 갈등의 양상 중에서도 부모 혹은 계모와 의붓자식 사이에 일어나는 갈등은 그 양상이 부모의 가학과 의붓자식의 피해라는 일방향성을 보임을 알 수 있다. 그리고 의붓자식의 피해 정도가 죽음에 이르기까지 극심하게도 나타나는데, 그것은 가정 내에서 의붓자식이 도움을 받을 수 있는 조력자를 찾을 수 없기 때문으로 보인다. 그래서 동서양을 막론하고 고전 서사에서 의붓자식이 피해를 벗어나는 방식은 초월적 힘에 의해서나 가능한 것으로 이야기가 전개된다고 할 수 있다.

이는 가정 내부적으로는 갈등의 해결자 역할을 해야 할 아버지의 태도 문제와 연결되기도 한다. 이 글에서 다룬 여러 서사들을 보더라도, 계모의 의붓자식 학대를 아버지가 알지 못하든지 계모의 행위를 학대라고 여기지 않는 문제가 나타난다. 이는 가정 내에서 자식이 겪는 문제를 아버지가 해결할 수 없음을 말해 주는 방증이라고도 할 수 있다. 그래서 가정 외부에 있는 누군가의 도움으로 의붓자식이 위기를 넘기고, 다른 가정을 꾸려서나 원래 자기 집안에서의 학대를 벗어날 수 있음을 서술한다.

한편, 우리의 고전 서사에서는 의붓자식의 학대나 죽음의 원인으로 계모의 악을 근원으로 부각시키고 있음을 볼 수 있는데, 이는 가족 갈등을 선악 대립이라는 윤리적 시선으로 다룸을 말해준다. 그림 형제의 동화 자료에서는 계모나 부모에게 악마가 악한 마음을 주었다는 서술들이 보이는데, 이는 선악의 문제를 인간 윤리가 아닌 초월적 존재의 개입으로 다루고 있음을 의미한다.

가족 갈등을 일으키고, 의붓자식을 죽음에 이르게 한 계모에 대한 징치는 대부분 인과응보적으로, 때로는 매우 잔혹하게 이루어지고 있음을 알 수 있었다. 각편에 따라서는 악한 계모마저 거두어 주는 착한 의붓자식도 있으나, 대부분은 아버지와 달리 계모에 대해 엄한 징치를 가한다.

이러한 가족 갈등의 해소 방식은, 가족 갈등이 감정의 문제로 해결될 수 있는지, 윤리적 판단으로 처벌을 내려야 할 것인지, 과연 가족 갈등이 가정 내에서 해결될 수 있는 것인지, 법적 혹은 사회적 제도나 법으로 규정이 되어야만 하는 것인지 등 다양한 질문을 던진다. 어디까지가 가정 내에서 허용되는 해결 방법인지 어디서부터 어떻게 사회적 해결이 가능한 것인지 등 해결 방법에 대해서도 많은 고민을 하게 된다.

우리나라 고전 서사와 그림 형제의 동화를 벗어나 현대 문화콘텐츠에 보이는 사례를 보면 이러한 고민은 더욱 깊어진다. 현대에 들어 가족 갈등은 여전히 편재하고 있고, 그 양상은 더욱 복잡해졌으며, 그 심각성 또한 크기 때문이다. 어떤 경우 현실의 실제 사건이 허구 서사보다 더 충격적이고 심각한 점을 생각해 보면 이 문제에 대한 우리 모두의 성찰과 인식이 필요함을 알 수 있다.

가족 갈등 서사의
상호문화적 이해

YU YANG, 「<섭한(葉限)>과 <콩쥐팥쥐>의 비교 연구 : 문헌과 문화적 배경을 중심으로」, 경희대학교 대학원 석사학위논문, 2022.

강성숙, 「효행 설화 연구 –『삼국사기』,『삼국유사』에 나타나는 효행 양상을 중심으로」,『동양고전연구』48, 동양고전학회, 2012.

강은경, 「<손 없는 색시>담 연구」, 한성대학교 대학원 석사학위 논문, 2001.

곽천, 「중국형 한류 드라마의 서사적 특징에 관한 기호학적 연구 : <미남이시네요>와 <제빵왕 김탁구>의 비교 분석을 중심으로」, 건국대학교 대학원 석사학위논문, 2019.

권순긍, 「<콩쥐팥쥐전>의 형성과정 재고찰」,『고소설 연구』34, 한국고소설학회, 2012.

권영희, 「한국 고소설에 나타난 女鬼 형상과 변모 양상」, 전남대학교 대학원 박사학위논문, 2023.

그림 형제 지음, 김열규 옮김,『어른을 위한 동화 그림 형제 동화전집』, 현대지성, 2023.

김공숙, 「민담 <손 없는 색시>에 나타난 원형(原型)의 의미」,『한국학연구』61, 고려대학교 한국학연구소, 2017.

김대숙, 「한국신화의 가족구성체계 연구(Ⅰ) : 비교신화 연구를 위한 시론」,『논문집』13, 평택대학교, 1999.

김맹하, 「사회적, 도덕적 금기의 미학적 형상화 – 제주설화『한 보람 없다』와 에우리피데스의『메데이아』에서 자식살해 모티브 연구」,『세계문학비교연구』41, 세계문학비교학회, 2012.

김명희, 「'신데렐라형' 설화를 활용한 한국 문화교육 방법」, 제주대학교 교육대학원 석사학위 논문, 2014.

김상무, 「독일 상호문화교육정책의 현황과 이론적 기초에 관한 연구」, 『교육사상연구』 29, 한국교육사상연구회, 2015.

김성곤, 「문화담론으로서의 미국영화 : 영상텍스트와 미국문학 연구방법의 확장」, 『미국학논집』 2, 동의대학교 미국학연구소, 2000.

김세정, 「조선 중·후기 효자전의 효, 죽임의 효인가? 살림의 효인가?」, 『유학연구』 2, 충남대학교 유학연구소, 2022.

김수진, 「문화간 의사소통능력 신장을 위한 한국문화교육 방법 연구」, 한국외국어대학교 대학원 박사학위 논문, 2010.

김영순·최승은, 「상호문화학습의 실천적 내용에 관한 탐색적 연구」, 『언어와 문화』 12권 2호, 한국언어문화교육학회, 2016.

김영순·최유성, 「문화번역 개념을 통한 상호문화 한국어 교육 패러다임 탐색」, 『언어와 문화』 15권 1호, 한국언어문화교육학회, 2019.

김예리나, 「학습자 경험을 활용한 한국어 상호문화교육 연구」, 서울대학교 대학원, 석사학위 논문, 2018.

김은정, 「상호문화 접근법에 기반한 문화교육: 프랑스와 한국의 문화 비교 관점에서」, 『프랑스어문교육』 37, 한국프랑스어문교육학회, 2011.

김정숙, 「프랑스의 '상호문화주의'에 대한 소고」, 『한국언어문화학』 9권 2호, 국제한국언어문화학회, 2012.

김정애, 「설화 <간 뺏길 뻔한 전처아들>과 결합하는 서사 양상과 그 문학치료적 의미」, 『겨레어문학』 63, 겨레어문학회, 2019.

김정현, 「다문화주의와 상호문화주의의 차이에 대한 한 해석」, 『코기토』 82, 부산대학교 인문학연구소, 2017.

김정희, 「설화에 나타난 형제간 분노의 문제와 그 해결 양상」, 『문학치료연구』31, 한국문학치료학회, 2014.

김종균, 「<콩쥐팥쥐전>의 서사구조 연구」, 『한국학보』23, 일지사, 1997.

김주연, 「한국과 프랑스 전래동화 비교를 통한 상호문화교육 방안 연구」, 한국외국어대학교 KFL대학원 석사학위 논문, 2024.

김창근, 「상호문화주의의 원리와 과제: 다문화주의의 대체인가 보완인가?」, 『윤리연구』1권 103호, 한국윤리학회, 2015.

김헌선, 「<손 없는 색시> 설화 유형의 비교설화학적 연구: 세계설화의 비교를 중심으로」, 『시민인문학』11, 경기대학교 인문과학연구소, 2003.

김헌선, 『설화 연구 방법의 통일성과 다양성』, 보고사, 2009.

김현주, 「구활자본 소설에 나타난 "가정담론"의 대중미학적 원리」, 『반교어문연구』27, 반교어문학회, 2009.

김혜정, 「'전실자식 간을 먹으려는 계모' 설화에 나타난 가족 갈등의 양상과 대안적 가족관계」, 『국제어문』56, 국제어문학회, 2012.

김혜정, 「'약 되는 아들의 간' 설화에 나타난 친족 살해 모티프와 카니발리즘에 대한 설화적 각성」, 『온지논총』57, 온지학회, 2018.

김혜정, 「<손 없는 색시> 설화의 유형 체계: 유형, 하위 유형, 상위 유형의 관계를 중심으로」, 경기대학교 대학원 석사학위 논문, 2002.

김혜정, 「한·중 "약 되는 아들의 간" 설화의 전승 양상 비교 연구」, 『국제어문』73, 국제어문학회(구 국제어문학연구회), 2017.

김혜정, 「한·중 계모 설화에 나타난 계모와 의붓아들의 갈등 양상과 의미」, 『돈암어문학』41, 돈암어문학회, 2022.

김환희, 「한국과 켈트의 <AT 706 손 없는 색시> 설화에 관한 비교문학적인 고찰－서사구조와 모티프를 중심으로」,『민족문화연구』73, 고려대학교 민족문화연구원, 2016.

남종현,「콩쥐팥쥐 이야기·<콩쥐팥쥐전>·<신데렐라>의 상관관계」, 세명대학교 대학원 석사학위 논문, 2008.

류경자,「남해군 설화의 가족정서 연구」,『한국문학논총』68, 한국문학회, 2014.

문자영,「상호텍스트성을 활용한 문화콘텐츠 기반 문학교육」, 한양대학교 교육대학원 석사학위 논문, 2016.

문화공보부 문화재관리국 국립문화연구소 편,『한국민속종합조사보고서』제4편(경상북도), 문화공보부 문화재 관리국, 1974.

문화공보부 문화재관리국 국립문화연구소 편,『한국민속종합조사보고서』제5편(제주도), 문화공보부 문화재 관리국, 1974.

박경숙,「독일의 상호문화교육과 우리나라 다문화교육에 관한 비교연구 : 초등학교를 중심으로」, 경기대학교 교육대학원 석사학위 논문, 2013.

박연숙,「한국과 일본의 계모설화 비교 연구」, 계명대학교 대학원 박사학위 논문, 2010.

박영순,『(한국어 교육을 위한)한국문화론』, 한국문화사, 2006.

박영순,『다문화 사회의 언어문화교육론』, 한국문화사, 2007.

박찬영,『다문화적 상호이해를 위한 인문교육 방안』, 경제·인문사회연구회, 2008.

상염,「아시아 지역 '콩쥐팥쥐형' 설화 연구」, 한국외국어대학교 대학원 박사학위논문, 2022.

서영지,「Michael Byram의 '문화적 전환'에 관한 연구: 사회문화능력에서 상호문화의사『프랑스문화연구』36, 한국프랑스문화학회, 2018.

서유경,「<장화홍련전>과 <어린 의뢰인>의 가정 폭력 서사 비교」,『선청어문』51, 서울대학교 국어교육과, 2022.

성기수 엮음,『콩쥐팥쥐전 전집』, 글솟대, 2019.

심의린,『조선동화대집』, 보고사, 2009.

안희은,「상호문화주의에 기반한 한국어교육 정책 연구」, 부산대학교 대학원 박사학위 논문, 2015.

오윤선,「'콩쥐팥쥐 이야기'에 대한 고찰」,『어문논집』42, 안암어문학회, 2000.

유권종,「마음에 관한 연구와 상호문화 이해의 확산」,『철학탐구』35, 중앙대학교 중앙철학연구소, 2014.

유병일,「한국서사문학의 재생화소 연구」, 동아대학교 대학원 박사학위논문, 1993.

윤정안,「계모를 위한 변명－장화홍련전 속 계모의 분노와 좌절」,『민족문학사연구』57, 민족문학사학회, 2015.

이만열, 옥성득 편역,『언더우드 자료집Ⅲ』, 연세대학교 국학연구소, 2007.

이명숙,「<손 없는 색시> 설화유형의 비교설화학적 연구 : 러시아 <팔 없는 처녀>를 중심으로」,『시민인문학』11, 경기대학교 인문과학연구소, 2003.

이병준, 한현우,「상호문화역량의 개념 및 구성요소에 관한 연구」,『문화예술교육연구』11권 6호, 한국문화교육학회, 2016.

이선희,「Grimm 동화에 나타난 의붓 어머니상」, 조선대학교 석사학위 논문, 2015.

이소현,「아동학대의 재현과 모성 신화: <미쓰백>과 <어린 의뢰인>의 서사 분석을 중심으로」,『한국콘텐츠학회논문지』22권 6호, 한국콘텐츠학회, 2022.

이원수,「콩쥐팥쥐 설화 연구」,『문학과 언어』19, 문학과언어학회, 1997.

이윤경,「<손 없는 색시> 설화의 소설화와 그 의미」,『돈암어문학』14, 돈암어문학회, 2001.

이윤경,「계모형 고소설 연구 : 계모설화와의 관련성을 중심으로, 성신여자대학교 대학원 박사학위 논문, 2004.

이정원,「<장화홍련전>의 환상성」,『고소설연구』20, 한국고소설학회, 2005.

이형미,「계모형 가정소설의 모자 갈등 연구」, 동아대학교 대학원 석사학위논문, 2004.

임동권,『한국의 민담』, 서문당, 1972.

임석재,『한국구전설화』1-11, 평민사, 1993.

자자와,「<콩쥐팥쥐> 설화 연구-세계 <신데렐라> 유형 설화와의 비교를 중심으로-」, 서울대학교 박사학위논문, 2016.

장한업,「문화교육의 철학적 기반에 대한 고찰-상호주관성과 상호문화성을 중심으로 -」,『교육의 이론과 실천』21권 2호, 한독교육학회, 2016.

장한업,『이제는 상호문화교육이다: 다문화 사회의 교육적 대안』, 교육과학사, 2014.

정경민,「자녀희생 효설화에 나타난 "효"와 "모성"의 문제」,『한국고전여성문학연구』24, 한국고전여성문학회, 2012.

정보미·김종철,「'희소성' 개념의 교과 융합적 활용 방안-<장화홍련전>의 가족 갈등을 중심으로」,『한중인문학연구』59, 한중인문학회, 2018.

정운채,「분노에 대한 문학치료학적 접근과 서사지도」,『문학치료연구』14, 한국문학치료학회, 2010.

정창호,「다문화교육의 반성적 기초로서의 상호문화철학」,『교육의 이론과 실천』22권 3호, 한독교육학회, 2017.

조동일,「한국고전소설에 나타난 부자(父子) 갈등」,『일본연구』15, 한국외국어대학교 일본연구소, 2000.

조성연 외,『가족관계론』, 양서원, 2017.

조수미,「그림 형제 동화에 나타난 폭력의 양상과 구조 연구 : 현실세계와 환상세계를 축으로」, 울산대학교 대학원 석사학위논문, 2011.

주광순, 「상호문화철학의 비전」, 『대동철학』 76, 대동철학회, 2016.

주종연, 「한국의 전래민담과 독일 Grimm 동화와의 비교연구 (1)−손 없는 색시」, 『어문학논총』 11, 국민대학교 어문학연구소, 1992.

진성기, 『남국의 전설』, 박문사, 1964.

최남선, 「朝鮮의 콩쥐팟쥐는 西洋의 신더렐라 이약이」, 『괴기』 2, 동명사, 1929.

최인학, 엄용회 편저, 『옛날이야기꾸러미3』, 집문당, 2003.

하경숙, 「<계모형 설화>에 나타난 죽음의 형상화 방식과 특질」, 『온지논총』 47, 온지학회, 2016.

홍종열, 「상호문화능력으로서 문화지능의 개념에 관한 고찰」, 『문화산업연구』 13권 제1호, 한국문화산업학회, 2013.

홍종열, 「유럽의 다문화사회와 상호문화교육에 관한 고찰」, 『인문과학연구』 30, 성신여자대학교 인문과학연구소, 2012.

황소령, 「동아시아 <손 없는 색시> 설화 비교 연구」, 서울대학교 대학원 박사학위 논문, 2023.

국립국어원 표준국어대사전,
https://stdict.korean.go.kr/main/main.do

김소희, <해피뻐스데이> '가족'이라는 범주 안(2017.11.8.)
https://cine21.com/news/view/?mag_id=88642

어린 의뢰인(2019),
https://namu.wiki/w/%EC%96%B4%EB%A6%B0%20%EC%9D%98%EB%A2%B0%EC%9D%B8

제빵왕 김탁구 홈페이지,
https://program.kbs.co.kr/2tv/drama/takku/pc/index.html

칠곡 아동학대사건 일지(송고2015-05-21 10:41)
　　　https://www.yna.co.kr/view/AKR20150521074900053
한국구비문학대계, https://kdp.aks.ac.kr/gubi
한국민족문화대백과사전, '손 없는 색시 설화',
　　　https://encykorea.aks.ac.kr/Article/E0030534
향토문화전자대전, 디지털제주문화대전,
　　　https://jeju.grandculture.net/jeju/toc/GC00700849

저자 서유경

서울대학교 국어교육과를 졸업하고, 동대학원에서 석박사 학위를 취득하였으며, 현재 시립대학교 국어국문학과에 재직하고 있다.

주요 논문으로는「공감적 자기화를 통한 문학교육 연구」(2002),「고전문학 교육 연구의 새로운 방향」(2007),「<숙향전>의 정서 연구」(2011),「<심청전>의 근대적 변용 연구」(2015) 등 다수가 있고, 저서로는『고전소설교육탐구』(2002),『판소리 문학의 문화 적응과 확산』(2016),『고전 서사와 상호문화콘텐츠』(2023) 등이 있으며, <주봉전>, <매화전>, <신정 심청전>, <십생구사> 등의 번역서가 있다.

가족 갈등 서사의 상호문화적 이해

초 판 인 쇄	2025년 12월 17일
초 판 발 행	2025년 12월 29일
글 쓴 이	서유경
발 행 인	윤석현
발 행 처	박문사
등 록 번 호	제2009-11호
책 임 편 집	최인노
우 편 주 소	서울시 도봉구 우이천로 353
대 표 전 화	(02) 992-3253(대)
전 송	(02) 991-1285
홈 페 이 지	www.jncbms.co.kr
전 자 우 편	bakmunsa@hanmail.net

ⓒ 서유경 2025 Printed in KOREA.

ISBN 979-11-7390-024-2   03810   정가 15,000원

* 이 책의 내용을 사전 허가 없이 전재하거나 복제할 경우 법적인 제재를 받게 됨을 알려 드립니다.
** 잘못된 책은 구입하신 서점이나 본사에서 교환해 드립니다.